日本史を動かした歌

田中章義

毎日新聞出版

日本史を動かした歌

はじめに

古代から近現代まで、多くの日本人が千数百年以上にわたって和歌を詠み継いできた。五七五七七――わずか三十一文字の言葉がなぜこんなにまで受け継がれ、語り継がれたのか。本書のラインナップを見て、あの戦国武将も幕末の志士たちも、さらには世界的な科学者までも和歌を詠んでいたのか、と驚く人もいるかもしれない。

『古事記』に描かれた須佐之男命《すさのおのみこと》や倭建命《やまとたけるのみこと》、さらには「十七条の憲法」を制定した聖徳太子、そして現代では小説家というイメージが強い夏目漱石も森鷗外も芥川龍之介も太宰治も実は和歌を詠んでいるのだ。今日《こんにち》流通している一万円札の福澤諭吉、五千円札の樋口一葉、千円札の野口英世も和歌を詠んでいる。NHKの大河ドラマで描かれたほとんどの人物が実は和歌を詠み残していると知ったら、関係者も驚くのではないか。こうした現実を、今後、多くの人たちに伝えていきたいと思っている。

千年の時を経ても語り継がれる言葉は、人間の一生よりも遥かに長生きだ。発酵食品が身体にいいことが語られる昨今、「言葉の発酵食品」に喩《たと》えたくなるような数百年、千年と語り継がれた言葉の叡智、滋味を私たちはもっと日々の暮らしに取り入れ、味わっていくべきではないか――大学一年生の時に短歌賞を受賞して以来、三十年ほど探究を続ける中で、私はそんなふうに思うようになっていった。

和歌は国語の授業で習うもの、と思っている人たちが少なくないだろう。けれども、実は違う。国語の教科書では決して出逢うことのなかった和歌の中にこそ、今を生きる私たちが語り継ぐべき珠玉のたからが眠っているのかもしれない。時代の節目節目でいかに日本人が三十一文字《みそひともじ》を大事に扱い、時には己を鼓舞し、時には自らを戒めてきたのか。『日本史を動かした歌』にぜひ着目してほしい。こんな風変わりな、「新時代の百人一首」があってもいいのではないか。

第一章では宮本武蔵、坂本龍馬、菅原道真、田中正造など、己の信じた道を貫き、志に生きた人々の和歌を紹介した。第二章では時代を彩ったこの国のリーダーたちの和歌を取り上げた。第三章では時代を超えた表現者たちの思いに触れ、第四章では苦難や困難な中でも歩み続けた人々の魂からのメッセージも抽出した。第五章ではさまざまなジャンルで新たな世界を切り拓いた人々の和歌に着目している。

本書で紹介した言葉が、読者の心に何かを灯してくれることを願う。わずか三十一文字でも、日々の糧や心の御守りにも思えるようなものがあったなら嬉しい。

和歌は先人たちが残してくれた、心への「作物」なのだと思う。

時代を越えた人々の魂に育まれ、実ってきた三十一文字の果実や根菜の栄養素。花にも喩えたくなる麗しい何か。千数百年語り継がれるにはそれだけの理由がある――それを実感していただけたなら、ありがたい。

第一章 大志を抱いた者たちの歌

第二章　リーダーたちの歌

第三章　表現者たちの歌

第四章　苦難に立ち向かった者たちの歌

第五章　開拓者たちの歌

文中の歌の表記は原則として歴史的仮名遣いに拠った。

第一章

大志を抱いた者たちの歌

乾坤《けんこん》をそのまま庭と見るときは
我は天地の外にこそ住め

宮本《みやもと》武蔵《むさし》

旧暦四月十三日は、宮本武蔵と佐々木小次郎が巖流島で決闘をした日だとされる。一六一二(慶長十七)年のことだ。江戸時代初期の剣術家、さらには二刀流の兵法でも知られた武蔵は、芸術面の才能にも恵まれた人だった。重要文化財となっている水墨画や工芸品などはよく知られる。けれども、これまで武蔵の和歌が着目されたことはあまりなかった。真偽のほどが定かではなく、わずかに数首、武蔵作だと伝えられている和歌があるだけだからだ。そんな中でも掲出歌は本人の可能性が高いと言われている一首だ。吉川英治も『随筆 宮本武蔵』の中で、「これは武蔵の歌と見ていいだろう」と述べている。

「乾坤」とは天地のことだ。天地すべてを庭と見た時に、自らはその天地の外にあれ、と語っていた武蔵。俯瞰《ふかん》した眼を持つことの必要性を語り、天地や宇宙、森羅万象すら超えた視座やまなざしを持つことを自らに求め続けていたのだった。

「千日の稽古《けいこ》を以て鍛となし、万日の稽古を以て錬となす」と語っていた武蔵は、「空を道とし、道を空と見る」という言葉も残している。精進することを惜しまず、空にも道を見て、道にも空を見出そうとしていた武蔵。一歩一歩の尊さと豊かさを知る人だった。掲出歌はそんな武蔵らしい、スケールの大きな歌だ。「われ、事において後悔せず」と語っていた武蔵。とことん努め、とことん精進した後は結果を恐れずに、常に後悔のないよう、心がけていた。剣豪と語られた武蔵は、一瞬一瞬の大切さを見失わない人だった。「あれになろう、これになろうと焦るよりは、自らを富士山のように動じないものにつくりあげよ。世間には媚《こ》びず、世間から仰がれるようになれば、己の値打ちは自《おの》ずと周囲が決めてくれる」といった言葉も残している。

鍛錬。潔さ。自覚。覚悟。研鑽《けんさん》。克己。「構えあって構えなし」という境地にたどり着いた武蔵の生きかたからは、今も多くのことを学ぶことができる。

宮本武蔵（一五八四?～一六四五）……江戸時代初期の剣術家。二刀流を使う二天一流の開祖となる。巌流島で佐々木小次郎と決闘。晩年は熊本藩に一時身を寄せ、兵法書『五輪書』を執筆。

世の人はわれをなにとも云《い》はば言へ
わがなすことはわれのみぞ知る

坂本龍馬《さかもとりょうま》

一八三五（天保六）年に土佐で生まれた坂本龍馬は、言うまでもなく薩長連合を成立させ、大政奉還を演出した人物として知られている。「天下に有志あり、余多く之と交わる。然《しか》れども度量の大、龍馬に如《し》くもの、未《いま》だかつて之を見ず。龍馬の度量や到底測るべからず」と語ったのは西郷隆盛だった。姉への手紙に書かれた「日本を今一度せんたくいたし申候」は今も多くの人々に語り継がれる。「国を洗濯」というダイナミックな発想がいかにも龍馬らしい。

彼は現存するだけで三十首以上の和歌を詠んだ。古典の素養を踏まえ、月や萩、野辺の春風を詠んだ作品もある。龍馬らしい個性がうかがえるのは「丸くとも一角《ひとかど》あれや人心あまりまろきはころびやすきぞ」といった一首だろうか。丸の良さは十二分に知りつつ、それでも「一角あれや」と詠むのが、いかにも若き日の龍馬だ。

掲出歌はそんな彼の思いが特に込められた作品だ。他者に、というよりは自分自身に語っているのかもしれない。「世の中の人はなにとも言はば言へわがなすことはわれのみぞ知る」とも語られるこの歌。他者の目を気にし、他人の言動にばかり振り回されてしまっていたら、大事なものを見失ってしまう。どんなに笑われようが、大志に誠実に邁進《まいしん》し、意義ある仕事を成していきたい。生まれてきたからにはこの身をフルに活用してとことん世の中に役立ちたい——そんな龍馬の肉声が聞こえてくるような歌だ。

「人の世に道は一つということはない。道は百も千も万もある」と語っていた龍馬。その時その時の状況に合わせながら、常に信じることを諦めなかった人生。「何の志もなきところにぐずぐずして日を送るは大馬鹿者なり」とも語っていた。「志」があるからこそ、人は天も地も時代も翔《かけ》ることができる。

そんな龍馬は、「又あふと思ふ心をしるべにて道なき世にも出づる旅かな」という歌も詠んだ。不平等条約改正に辣腕《らつわん》をふるった明治の政治家・陸奥宗光が、「近世史上の一大傑物にして、その融通変化の才に富める、その識見、議論の高き、その他人を誘説、感得するの能に富める、同時の人よく彼の右に出るものあらざりき」と語った人物——それが龍馬だった。

国学者の娘だった祖母の影響で坂本家では龍馬の父も姉も歌を詠んだ。立場の違う人の意見にも耳を傾け、よいところはどんどん吸収した柔軟さ。誰もが無理だと思うことにも果敢に挑んだ実行力。そして何より、世を思い、人々を思った心の大きさとあたたかさ。どんなに「道なき世」だったとしても、自らが歩む足あとで道を生み出そうとしたのが龍馬だった。

坂本龍馬（一八三六～一八六七）……幕末の志士。土佐藩士。脱藩した後、勝海舟に学ぶ。長崎で貿易結社「亀山社中（後の海援隊）」を結成。薩長同盟を実現させ、大政奉還を成立に導いた。

東風《こち》吹かばにほひおこせよ梅の花
主《あるじ》なしとて春な忘れそ

菅原道真《すがわらのみちざね》

菅原道真を「学問の神様」と呼ぶ人は多い。けれども、「至誠《しせい》の神様」とも言われていることをご存じだろうか。

八四五（承和十二）年に生まれた道真。平安朝きっての秀才だった道真は幼少期から和歌や漢詩を詠んだ。

庭に咲く梅を見て、五歳の時既に、この花びらで己の頬《ほお》を飾りたいと、「美しや紅の色なる梅の花あこが顔にもつけたくぞある」という歌を詠んでいる。

その後も精進を重ね、祖父清公《きよきみ》・父是善《これよし》に続き、三十三歳の若さで学者として最高位だった文《もん》章博士《じょうはかせ》に任命された俊英だった。讃岐《さぬき》国の長官として赴任した際には国を立て直すなどの善政をおこない、住民にもとても慕われた。その評判が天皇にも伝わり、中央でも活躍の機会を得たのだった。

右大臣として国のために尽くしていたものの、当時の左大臣らの謀略によって、身に覚えのない罪をかぶせられてしまう。大宰府での生活を余儀なくされたのだ。

日本で最も著名な梅の歌の一首である掲出歌は、この時に詠まれたものだった。『拾遺和歌集』では「東風吹かば匂ひおこせよ梅の花主なしとて春を忘るな」と表記され、『大鏡』の中には「春な忘れそ」と記されている本もある。

母方の伴氏は大伴旅人、家持らを輩出した家柄だと聞けば、和歌の非凡ぶりも領《うなず》ける。道真は『小倉百人一首』で「このたびは幣《ぬさ》もとりあへず手向山《たむけやま》もみぢの錦神のまにまに」という歌を採られている。「幣」は神様への捧げものだ。神様の御心のままに手向山のこの紅葉をお受け取りください、という歌。

嫉妬され、周囲からどんな陰謀を企てられても、道真は常に天地に恥じない生きかたを心がけていた。

「海ならずたたへる水の底までも清き心は月ぞ照らさむ」は道真の辞世の歌だ。「清き心は月ぞ照らさむ」と己に言い聞かせて最後の最後まで歩み続けた道真のことを、後の世の人たちが「至誠の神様」と讃《たた》えたのだった。

死後、朝廷で無実が証明されている。天神様として名高い道真が祀《まつ》られている太宰府天満宮には今も多くの人々が訪れる。

彼がこよなく愛した梅を古来、わが国では春告草《はるつげぐさ》とも木《こ》の花《はな》とも風待草《かぜまちぐさ》とも呼んでいた。

菅原道真（八四五～九〇三）……平安時代前期の公卿・学者・文人。宇多天皇に重用される。遣唐使に任ぜられるものの、建議して制度を廃止。右大臣にまで上りつめるが、後に太宰員外帥として左遷された。

心あらば此民草《このたみくさ》のかれのべに
露ほどだにも月やどりせよ

田中正造《たなかしょうぞう》

各地で田植えの風景が見られる時期になると思い浮かぶのが、日本初の公害事件、足尾銅山鉱毒事件の解決に奔走した田中正造だ。一八四一（天保十二）年、現在の栃木県佐野市小中町の名主の長男として誕生した。両親は全ての人たちを慈しむという人たちだったため、名主とはいえ裕福ではなく、慎ましやかに暮らしていた。若くして父の跡を継いだ正造は持ち前の正義感で領主に意見を述べて投獄されたこともある。それでも不正を黙って見逃すことができない男だった。

その後、地元新聞編集長を経て、政治の道へと進んでいく。初めて衆議院議員となった一八九〇（明治二十三）年、渡良瀬川で大洪水があった。上流の足尾銅山から流出した鉱毒によって、流域で稲が枯れる現象が続いたのだ。やがて一九〇〇（明治三十三）年に鉱害を訴えた農民たちが大量逮捕された川俣事件が起こると、正造は国会で大演説をおこなった。それが「亡国に至るを知らざれば之れ即ち亡国の儀につき質問書」と呼ばれた演説だ。「真の文明は山を荒さず、川を荒さず、村を破らず、人を殺さざるべし」という信念をもっていた正造。政治が庶民から遠いものになりがちな中、正造はいつも庶民の側に立ち、常に庶民の暮らしに寄り添った。

国政に失望して、議員を辞職してからは、命がけで明治天皇に窮状を直訴したこともある。死罪も厭《いと》わないこうした正造の行動を知った、当時盛岡中学生だった石川啄木は、「夕川に葦は枯れたり血にまどふ民の叫びのなど悲しきや」という歌を詠んでいる。

掲出歌は「民の住む枯野辺となった田畑の上をほんのわずかでも月が照らし、恵みをもたらしてほしい」と願った一首だ。晩年は被害の中心地だった谷中村に移住し、「谷中蘇生せば国また蘇生せん」という思いで、最後まで地域に尽くした。七十一歳で亡くなった時には財産を使い果たし、信玄袋が一つ残されただけだった。そんな彼の本葬には数万人もの人が参列した。民草として、民草のために尽力した正造のことを、地域の人たちは今も称《たた》え続けている。

田中正造（一八四一〜一九一三）……明治時代の政治家。衆議院議員となり、日本初の公害事件と言われる足尾鉱毒問題に取り組む。議員を辞した後、明治天皇に直訴した。

松が枝《え》の直《す》ぐなる心保《こころたも》ちたし
柳《やなぎ》の糸のなべて世の中

大岡《おおおか》忠相《ただすけ》

時代劇で描かれ、江戸時代を代表する名奉行として語り継がれている大岡越前《えちぜん》こと、大岡忠相。八代将軍徳川吉宗が進めた享保の改革を町奉行として支え、病貧民の為の「小石川養生所」の設置にも尽力した人物として知られる。歴史に名高い目安箱に町医者から要望が寄せられると、吉宗は忠相に検討を指示し、無料の医療施設が誕生したのだった。この養生所は幕末まで百四十年あまりにわたって人々を援《たす》け続けた。

他にも飢饉《ききん》対策としてのサツマイモ栽培の推奨、火事が多かった江戸時代に「町火消《まちびけし》」と称された消防組織を四十七組創設、さらには冤罪《えんざい》を防ぐための拷問の制限、無実の罪を背負った人々のために裁きをやり直すことの実践など、真摯《しんし》に行政をおこなった人物だった。忠相は「下情に通じざれば裁きは曲がる」という言葉を残し、権力に媚《こ》びることがなく、庶民の生活や実態を把握することに努めた。常に公平な裁きを心がけた人だった。

掲出歌はそんな忠相の思い溢《あふ》れた一首だ。「世の中の多くの人々は柳のように流されてしまうけれど、私はあの松のように揺らぐことのない心を保ち続けたい」という歌。利権が奪われることを嫌悪して、露骨に抵抗をした両替商たちもいた。それでも、忠相はめげることがなかった。職を解かれることも覚悟の上で、天地に恥じない誠の道を貫こうとしたのだった。

一七二二（享保七）年六月に関東周辺の農政を担う関東地方御用掛《ちかたごようがかり》に任命されると、忠相は治水や灌漑《かんがい》に詳しい人たちを積極的に登用し、農業には不向きだった地域の新田開発にも取り組んでいる。地域に密着した現場重視の姿勢で、武蔵野の新田経営を安定させたことはよく知られる。大凶作の際は自ら指示を出し、農民救済もおこなった。

江戸時代を通じて町奉行から大名となったのは、唯一この忠相だけだった。彼は何を祈り、何を日々願い続けたのか。三十一文字の和歌が名判官の人となりを物語っている。

大岡忠相（一六七七〜一七五一）……江戸時代中期の幕臣・大名。第八代将軍徳川吉宗が進めた享保の改革を、江戸の町奉行として支えた。

わが背子《せこ》と二人見ませばいくばくかこの降る雪の嬉しからまし

光明皇后《こうみょうこうごう》

掲出歌は『万葉集』（巻八・一六五八）に収められている。「あなた様ともしも二人で見ることができましたなら、どんなにか今降っているこの雪が嬉《うれ》しいものに思えたことでしょうに」という一首だ。冬の相聞歌《そうもんか》としても名高い。

七〇一（大宝元）年に生まれた安宿媛《あすかべひめ》が、やがて聖武天皇となる首皇子《おびとのみこ》の妃《きさき》となったのは、十六歳の時だった。以後、天皇が崩御するまで、四十年にわたって、二人は連れ添った。この安宿媛が、後の光明皇后だ。聖武天皇といえば東大寺の大仏建立で知られている。即位していた天平の時代には災害や天然痘などの疫病が蔓延《まんえん》していた。そのため、天皇は大仏や国分寺の建立のほか、遷都をおこなって、災いから逃れようとした。

二十九歳で皇后となった光明皇后は、仏への思いを篤《あつ》く持っていた人だった。疫病で苦しむ人々を見て見ぬふりができず、自身にできることを模索した。私財を投じて、各地から薬草を取り寄せ、困っている人々に無料で治療を施した。これが有名な施薬院《せやくいん》だ。驚くべきことに、光明皇后は自ら治療を手伝っていたと伝えられる。皇后は同じ頃、孤児や貧窮者を援《たす》けるための悲田《ひでん》院《いん》も設立した。身寄りのない人々に向けるまなざしのあたたかさ。実行力。都大路に並木をつくる際、飢えに苦しむ人々の役に立てば、と皇后は梨や桃の木を植えることを提案している。

国に困っている人がいれば、わが事のように手を差し伸べ、弱者のために尽力することを厭《いと》わなかった生き方。光明皇后のことを思う時、「寒からし民のわら屋を思ふには衾《ふすま》のうちの我もはづかし」と詠んだ北朝第一代光厳《こうごん》天皇のことも思い出す。寒さをしのぐ人々に思いを馳《は》せ、衾（夜具）にくるまった自分自身を「はづかし」と感じた心。民と共に在ろうとするからこそ感じられる気持ち。「かわいそう」ではなく、己を「はづかし」と思える人が増えた時、社会は変わってゆくのかもしれない。

光明皇后（七〇一～七六〇）……奈良時代、聖武天皇の皇后。王族ではない藤原氏の子女が立后された最初の例。仏教を尊び、悲田院や施薬院を設置して福祉事業に貢献。

陸奥《みちのく》のそとなる蝦夷《えぞ》のそとを漕ぐ
船よりとほく物をこそ思へ

佐久間象山《さくましょうざん》

力で力をねじ伏せようという動きが国内外で目に余る昨今、一八一一（文化八）年に信濃国松代藩に生まれた佐久間象山の言葉を思い出す。

「天下の大計を知らず、国の財用を費やし、以てこの無益の務をなすはそもそも何ぞや」。剣術の達人として知られた父が五十歳の時に生まれたのが象山だった。幼い頃から剣を習ったほか、十代で詩文、経書、和算も学んでいる。日本初の指示電信機による電信をおこなった象山は、電池の製造やガラスの製造などにも携わった。藩主が老中と兼任で海岸防禦御用掛《ぼうぎょごようがかり》に任命された際、呼ばれて、西洋兵学の素養を身につけた。やがて、藩主に『海防八策』を提出。一橋慶喜にも招かれ、公武合体論や開国論を説いた。けれども、異を唱える尊皇攘夷派によって、最後には暗殺されてしまう。五十四年の生涯。門弟には吉田松陰、勝海舟、坂本龍馬らがいた。

時代の変革期にあって、「陸奥のそとなる蝦夷のそとを漕ぐ船よりとほく物をこそ思へ」と詠み、常に大局的な視座で物事を判断しようとした男――大砲演習の場で失敗して笑われた際、堂々と「失敗するからこそ成功がある」とも語ったのが象山だった。問題意識と、解決のための不屈の闘志、挑戦心、勇敢さを持ち合わせた生涯だった。

佐久間象山（一八一一～一八六四）……江戸時代末期の学者。朱子学を学んだ後に蘭学を修め、西洋の技術を用いながらの国力増強を主張した。勝海舟や吉田松陰など、多くの門下に影響を与えた。

国守る大臣《おとど》は知るや知らざらむ
民のかまどのほそき煙を

勝海舟《かつかいしゅう》

福沢諭吉やジョン万次郎らと三十七日間かけてアメリカに渡航した体験を持つ勝海舟。坂本龍馬や西郷隆盛らにも影響を与えた人物として知られる。

掲出歌のもとには、本書でも取り上げた第十六代仁徳天皇の「高き屋《や》にのぼりて見れば煙《けぶり》立つ民のかまどはにぎはひにけり」という御製がある。即位してから数年後、高台に登ってあたりを見渡した時、家々からは炊事の煙があがらず、国民が苦しい生活をしていることがうかがえた。人々が困窮に喘《あえ》いでいるのではないか。そう考えた仁徳天皇は、状況を改善していくために三年間全ての課税と賦役《ふえき》を免除した。三年が経《た》った後、かまどからは炊煙が多く立ちのぼっているのを見ることができた。天皇は安堵《あんど》した。

山岡鉄舟や西郷隆盛とともに江戸城無血開城を実現させ、当時百数十万人が暮らしていた江戸の町を戦火から救った勝海舟は、仁徳天皇のこのエピソードをよく認識していた。彼は、「行政改革は余程注意してやらないと弱い者いじめになってしまう。肝心なのは改革者が自ら己を改革する事だ」と考え、信念をもって自らの道を突き進んでいった。

現代はどうだろうか。「民のかまどの煙」はどうなっているだろうか。

「民のかまどの煙」と真摯《しんし》に向き合うことのできる為政者が時代も国籍も超えて求められている。

勝海舟（一八二三～一八九九）幕末から明治時代にかけての武士・政治家。咸臨丸に乗って渡米し、江戸幕府の海軍養成に尽力。幕府側代表として江戸無血開城を実現した。

おくれてもおくれてもまた君たちに誓ひしことを吾《われ》忘《わす》れめや

高《たか》杉《すぎ》晋《しん》作《さく》

高杉晋作は、「春風《はるかぜ》」という諱《いみな》を持っている。諱は「元服（成人）した時にもらえる実名」だ。そのためか、春一番が吹く頃になると晋作を思い出す。大地の埃を払い、新たな季節の到来を告げる春風と晋作には共通項がある。

一八三九（天保十）年、萩に生まれた晋作。十九歳で吉田松陰の門をくぐってからは久坂玄瑞、入江九一、吉田稔麿とともに塾の四天王と称された。松陰は晋作の負けず嫌いな性格を理解した上で、久坂玄瑞らと競い合うように仕向けた。塾では机上の学問だけではなく、登山や水泳も行われた。「志を立て、それをもって万事の源と為せ」「志を実践していくためには人と異なることを恐れるな」など、松陰の言葉を全身で受けとめた晋作。

入塾後、藩命で江戸に遊学していた彼は、そこで松陰が安政の大獄で捕まったことを知る。現地で世話をしながら、晋作は松陰を支えた。けれども一八五九（安政六）年十月二十七日に、最愛の師は処刑されてしまう。あらためて志に生きることを決意するのだった。

清国派遣使節の随員として上海に行き、植民地化された国の悲劇を見た。二年後の四カ国連合艦隊の馬関《ばかん》砲撃では、二十代半ばで和議交渉を任されるまでになった。二千人を相手にわずか八十四名で立ち上がり、勝利を収めたこともある。国を思う志士たちを、身分を問わずに集めた奇兵隊の組織は特筆すべきものだ。身分よりも大事なものがある――それが「国を思う気持ち」や「志」なのだということを晋作は知っていた。

時代を疾走する中で、多くの仲間たちは次々に亡くなった。それでも、どんなに遅れたとしても、志を共にした仲間との思いは忘れていないと詠んだ掲出歌。心の中にはいつも恩師がいた。いつも共に学び、志に生きようと誓いあった仲間たちがいた。肺結核で亡くなった晋作の二十九年の人生。大事なのは何年生きたかでなく、どう生きたかなのだと、今も語りかけてくれる。

高杉晋作（一八三九〜一八六七）……幕末の志士。長州藩士。松下村塾で吉田松陰に学び、奇兵隊を組織した。長州藩内の論議を倒幕で統一した。

一すぢに思ひいる矢の誠《まこと》こそ
子にも孫にも貫《つらぬ》きにけれ

真《ま》木《き》保《やす》臣《おみ》

幕末の志士の一人として知られる真木保臣。一八一三（文化十）年、筑後国（福岡県）の水天宮の神職の家に生まれている。十一歳で父が亡くなると、神職を継ぎ、国学などを学んだ。藩校での成績もよく、武芸や和歌にも秀でていた。一八五二（嘉永五）年には同志と共に久留米藩の藩政改革を試みたものの、失敗。十年に及ぶ蟄居《ちっきょ》生活を余儀なくされた。けれども、この間にさまざまな人が教えを請いに蟄居先を訪れた。平野国臣ら諸国の志士とも交わるようになった。吉田松陰亡き後の尊王攘夷《そんのうじょうい》派の先達の一人として、「今楠公《いまなんこう》」として人望が厚かった保臣。楠木正成の忠烈を慕い、亡くなるまで毎年五月二十五日の楠公祭を欠かさずにおこなっていたという。

一八六三（文久三）年、保臣は天皇の石清水八幡宮《いわしみずはちまんぐう》の行幸を立案した。この時、将軍家茂《いえもち》は在京だったため、警護の供奉《ぐぶ》が求められる。その際、天皇が攘夷の節刀《せっとう》を将軍にお与えになるという計画を保臣は考えたのだった。古来、征夷大将軍は夷狄《いてき》征伐に出征する際、天皇から節刀を賜る慣例があった。保臣はそれを踏まえ、幕府に攘夷に踏み切ることを求めようとしたのだ。困った幕府は、将軍が病気と称し行幸の供奉を辞退する道を選んだ。志士たちに慕われていた保臣は、「天も誠にて天たり、地も誠にて地なり」「士の重んずることは節義なり。節義はたとへていはば人の体に骨ある如し。骨なければ首も正しく上に在ること得ず。手も物を取ることを得ず。足も立つことを得ず」などの言葉を残している。後者は新渡戸稲造《にとべいなぞう》の『武士道』にも引用された。「かかる子を育てしものと今さらに悔ゆらむ母のこころをぞ思ふ」「ももしきの軒のしのぶにすがりても露の心を君に見せばや」「やがて世の春に匂はん梅の花かた山里の一重なりとも」などの歌も残した保臣。長い幽閉生活で苦労をかけた母への歌、古き御製を踏まえて詠んだ歌、どこにいても至誠を貫こうとした揺るぎなさ——保臣の歌には確かな体温が感じられる。「禁門の変」を起こし、自決して果てたものの、その想いや残した歌は今も古びていない。

真木保臣（一八一三～一八六四）……幕末の志士。久留米水天宮祠官、久留米藩士。諸国の志士たちと交わり、人望も厚かった。

たとひ身は蝦夷《えぞ》の島根に朽ちるとも
魂《たま》は東《あずま》の君やまもらむ

土方《ひじかた》歳三《としぞう》

二〇一四（平成二十六）年九月二十七日十一時五十二分、日本に百十あると言われている活火山の一つ、御嶽山《おんたけさん》が噴火した。「御岳の霧ただならぬいただきの漠漠たるに柏手を打つ」（千代國一《ちよくにいち》）、「こころ刺す濁声《だみごゑ》聞けば寂しけれ御嶽山上に朝鴉鳴く」（葛原繁）などの短歌が現在でも詠まれ続ける御嶽山。山に在る油木美林《あぶらぎびりん》や花畑は多くの登山客に愛されていた。

この山をかつて詠んだことがあるのが、近藤勇と共に新撰組を率いた土方歳三だ。一八三五年、武蔵国多摩郡の豪農の子として生まれた土方。生まれる三カ月前に父を失い、六歳の時に母を失った土方は兄夫婦に養育された。幼い頃から武士になることに憧れ、奉公に出た後は各地の剣術道場を巡って、他流試合に臨んだ。その中で出逢うことができたのが近藤勇だった。

一八六三（文久三）年、将軍徳川家茂《いえもち》警護のための浪士組に入隊すると、二人は京都に赴いた。この時、土方が中山道の名所を詠んだ「木曽掛橋」八首のうちの一首が、「嵐吹くゆふべの雲の絶えまよりみたけの雪ぞ空に寒けき」という歌だった。漢詩が好きな近藤と和歌を詠んだ土方と。土方が亡くなる時に詠んだのが掲出歌だ。やがて京都での活動が認められると近藤局長、土方副長の体制で治安維持にあたる新撰組が結成された。新撰組は郷士や農民出身隊士の集まりだ。農民出身だからこそどんな武士よりも武士らしくあらねばならないと皆に語り、規律を破った者はたとえ幹部でも切腹させた土方。ついに幕臣になることもできた。

けれどもその年の十月に大政奉還が行われ、幕臣の置かれている状況は厳しくなった。親藩大名ですら幕府から離反していく中、最後まで幕府のために戦い続けたのが土方たちだった。途中で亡くなった近藤の墓も建て、戦いながら函館へと渡っていった土方。一八六九（明治二）年、最後まで仲間を励ましながら戦死した。三十五年間の人生で、信じた道のために自らを捧げ尽くした土方。噴煙下、救助に臨んだ隊員の中には、土方に似た面影の人がいたかもしれない。

土方歳三（一八三五〜一八六九）……幕末の幕臣。新撰組の副長。局長・近藤勇の右腕として活躍。鳥羽伏見の戦いで敗れた後も幕府のために戦い続けた。

晴れてよし曇りてもよし富士の山
もとの姿は変はらざりけり

山岡鉄舟《やまおかてっしゅう》

富士山の歌といえば、『万葉集』の「田子《たご》の浦ゆうち出でてみれば真白にそ富士の高嶺に雪は降りける」（山部赤人）や西行の「風になびく富士の煙の空に消えてゆくへもしらぬわが思ひかな」、若山牧水の「富士よゆるせ今宵は何の故もなう涙はてなし汝《なれ》を仰ぎて」などが有名だ。けれども世界の人々に知ってほしい歌は、と問われたら、私は迷わずこの山岡鉄舟の歌を挙げたい。

一八六八（慶応四）年三月九日に官軍のいる駿府にたった一人で乗り込み、西郷隆盛と勝海舟の会談による江戸城無血開城のお膳立てをした鉄舟。江戸を戦火から救った立役者である鉄舟のことを、「金もいらぬ、名誉もいらぬ、命もいらぬ人は始末に困るが、そのような人でなければ天下の偉業を成し遂げられない」と語って絶賛したのが、西郷隆盛だった。

鉄舟が語った言葉に「精神満腹」がある。恥じることがないよう、精神を充実させて生きよ、という意味だ。西郷は鉄舟を高く評価し、その後、明治天皇の侍従として十年間仕えてもらったほどだった。

そんな鉄舟が十五歳の時に考えた「修身二十則」がある。「嘘を言ふべからず候」「君の御恩は忘るべからず候」「父母の御恩は忘るべからず候」「師の御恩は忘るべからず候」からはじまり、「食するたびに稼穡《かしょく》（農業）の艱難《かんなん》を思ふべし、すべての草木土石《そうもくどせき》にても粗末にすべからず候」「ことさら着物を飾り、あるいはうわべをつくろふ者は心に濁りあるものと心得べく候」「人にはすべて能不能あり。いちがいに人を捨て、あるいは笑ふべからず候」などの言葉が記されている。

これを十代半ばで書いた男がいたのだ。五十三年間の人生を、社会のために奉《ささ》げ尽くした鉄舟らしい片鱗《へんりん》がうかがえる。彼は「一歩一歩いつか昇らん富士の山」という句も残している。一歩一歩を積み重ねることでしか頂上を極める方法はない、という意味だ。

富士山を仰ぐたび、私は鉄舟の和歌と俳句を思い出す。

山岡鉄舟（一八三六〜一八八八）……幕末の幕臣。勝海舟の使者として西郷隆盛との会談を実現させ、江戸城を無血開城へ導く。剣術家としては、無刀流の開祖。

欲深き人の心と降る雪は積もるに連れて道を失ふ

高橋泥舟《たかはしでいしゅう》

勝海舟、山岡鉄舟とともに「幕末の三舟《さんしゅう》」と称される高橋泥舟。一八三五（天保六）年に、旗本・山岡正業の次男として生まれた泥舟は、母方の高橋家を継ぎ、養子となった。泥舟は実兄について、槍術《そうじゅつ》の修行をしている。一八六〇（万延元）年に幕府の講武所《こうぶしょ》槍術師範となった泥舟は、一八六三（文久三）年には一橋慶喜（後の徳川慶喜）に随行して、上京した。一八六八（慶応四）年、鳥羽・伏見の戦いで敗れた慶喜を泥舟は護衛し続けた。徳川家の処分に関して、幕臣の勝海舟が真っ先に交渉役として考えたのが泥舟だった。

けれども、質実剛健な泥舟は慶喜の信任が篤く、不安定な情勢下で慶喜が手放せずにいた。そのため義弟である山岡鉄舟が官軍の西郷隆盛のもとに派遣されることになったのだった。鉄舟が大役を果たし、西郷と勝の会談が実現して、江戸城が無血開城されたことは周知の事実だ。開城の日も、泥舟は水戸に向かった慶喜を護衛している。

慶喜が静岡に移り住んだのちも、泥舟は地方奉行などを務めた。勝が新政府で伯爵となり、鉄舟も明治天皇の侍従となっていったにもかかわらず、泥舟は何度要請をされても、新政府の要職を引き受けなかった。主君である慶喜が世に出ることのできない中、自分だけが立身出世することはできないと考えたのだった。泥舟は以後、三十数年にわたって、清貧な暮らしを貫いた。

新政府にも泥舟の優秀さと誠実さは知られていた。ひとたび要職を引き受ければ、大いに活躍が見込まれた人物だった。にもかかわらず、泥舟は一介の市井人としての人生を全うした。彼はこんな歌も詠んでいる。「野に山によしや飢ゆとも蘆鶴《あしたづ》の群れ居る鶏のなかにや入らん」（もし野や山で飢えることがあっても群れて飼われている鶏の中には入らず、鶴として生きていく）。忠義に生きた明治の男の生き様を忘れずにいたい。掲出歌の下句は、「積もるに連れて道を忘るる」「積もるに連れて道も分からず」とも語り継がれている。

高橋泥舟（一八三五〜一九〇三）……幕末の幕臣。鳥羽・伏見の戦いの後、徳川慶喜に恭順を説き、上野東叡山に退去する慶喜を護衛した。槍術家として、講務所師範役を務める。

ふみ見るも鋤《すき》もて行くも一筋の
学びの道の歩みなるらむ

山田方谷《やまだほうこく》

二〇一二（平成二十四）年、岡山で、「『雲中の飛龍 山田方谷』NHK大河ドラマ放映実現を求める全国100万人署名運動実行委員会」が記者発表をおこなった。当時の全日空会長・大橋洋治さんや京セラ相談役・伊藤謙介さんらが共同代表者となり、NHK会長のもとを訪問している。

一八〇五（文化二）年、備中松山藩に生まれた方谷。父は農業と菜種油の製造販売で生計を立てていた。五歳から十六歳まで隣藩の藩校教授のもとで学んだ方谷は、十四歳で母を、十五歳で父を亡くすと、一家を養うために塾をやめ、家業を継いだ。昼は仕事、夜は学問に勤しむ日々。

いつしか努力が藩主の耳にも届き、藩校で学ぶことを許された。三十二歳で藩校の校長になる。

やがて藩主から請われ、藩の財務大臣にあたるポストに就任。当時、藩は借金の利息を借金で返すような苦しい財政状況だった。方谷は自ら調査し、表向きは五万石と言われる藩の石高が実態は一万九千三百石だと知る。藩の借金は財政規模の約二倍の十万両（現在の約六百億円）にも及んでいた。方谷は事態を正確に把握した上で情報公開をした。藩主も自ら率先して倹約を実践。教育制度も含め、改革に励んだ。柚子《ゆず》や漆、茶などの栽培を奨励し、藩内で産出した砂鉄を活用した三本歯の「備中鍬《ぐわ》」を全国展開。倹約一辺倒ではなく未来志向型の地域活性化を実現させた。物資を直接江戸に運ぶためにアメリカから船も購入している。各村に「貯倉」を設けて米を蓄《たくわ》え、凶作の年にはこれらを配給して、農民の要望にも応える施策をおこなった。有能な人材は農民からも積極的に登用した。藩の財産は石高や領地ではなく、人なのだと方谷は認識していた。この改革によって備中松山藩は七年ほどで十万両の負債を返済し、十万両の蓄えにも成功した。

掲出歌は一八七三（明治六）年に詠んだ歌だ。明治維新後、新政府の大臣就任を要請されたものの、庶民の教育に力を注ぐ道を選んだ方谷。二〇一五（平成二十七）年ノーベル医学生理学賞を受賞した大村智《さとし》さんの座右の銘「至誠惻怛《しせいそくだつ》」（真心と思いやり）も、実は方谷の言葉だ。

山田方谷（一八〇五〜一八七七）……江戸時代末期の陽明学者。自らの「理財論」および「擬対策」を実践し、備中松山藩で藩政改革を実現させた。

ふるさとの越地《こしぢ》は遠し播磨山《はりまやま》
すめる月こそ変はらざらまし

河井継之助《かわいつぎのすけ》

司馬遼太郎や池波正太郎、童門冬二らが小説の主人公として描いた河井継之助は、一八二七（文政十）年に長岡藩士・河井代右衛門（秋紀《あきのり》）の長男として生まれた。継之助は幼名で、元服後に秋義《あきよし》と名乗った。藩の勘定頭だった父は、歌人として名高い良寛とも親交のある人物だった。豪胆神童と言われた継之助は早くから勉学に励んだ。二十代で江戸に出て、佐久間象山らの門を叩《たた》いた。やがて黒船が来航すると、幕府老中だった藩主の牧野忠雅《まきのただまさ》に藩政改革の必要性を建言した。これが認められ、継之助は初めて役職に就いた。けれども、藩主の独断人事に反感をもった上層部からの風当たりが強かった。

継之助は一八五九（安政六）年、備中松山の山田方谷《ほうこく》のもとに旅立つ。備中聖人と称され、大胆な藩政改革を成功させた人物に教えを請うためだった。掲出歌はこの道中で詠んだものだ。「故郷の越の国は遠いけれど、播磨山に昇る澄んだ月は郷里と変わらないなあ」という一首。継之助は方谷のもとで学びながら、常に郷里のことを忘れなかった。

方谷から学んだあと、継之助は再び郷里の長岡へと向かう。郡奉行となり、藩政改革に着手していく。当時、慣習化されていた賄賂や賭博を禁止した。武士の不必要な取り立てを罰し、農民を救済した。河税などの特権を廃し、教育改革や兵制改革もおこなった。藩の財政をわずか三年で健全化し、余剰金も生み出した。長岡藩を北陸の雄藩の地位へと押し上げたのだ。

「人間はどんなに偉くとも、人情に通ぜず、血と涙が無くては駄目だ」と語っていた継之助。戊辰戦争では武装中立を掲げ、平和に解決するために東奔西走したものの、新政府軍に受け容《い》れられずに交戦となる。長岡藩のみならず、奥羽越の諸藩同盟を結成。その連合軍の総督を務めたものの、負傷がきっかけで生涯を閉じた。享年四十一。郷里である越後長岡の他、終焉《しゅうえん》の地である福島県只見町にも河井継之助の記念館がつくられている。

河井継之助（一八二七〜一八六八）……江戸時代末期の武士。長岡藩の家老。山田方谷らに学び、長崎などにも遊学して知見を広める。帰藩後、藩政改革に着手した。

音にきく高師《たかし》の浜のはま松も
世のあだ波はのがれざりけり

大久保利通《おおくぼとしみち》

「政《まつりごと》をとりおこなう者は民への嘘偽《うそ》りに溺れず、私腹を肥やさず、心も態度も清らかで明瞭でなければならない」という意味の「為政清明《いせいせいめい》」。「どんなに困難や苦労があっても耐え忍び、心を動かさずに志を貫き通す」ことを意味する「堅忍不抜《けんにんふばつ》」。この二つは大久保利通の座右の銘だった。

西郷隆盛、木戸孝允とともに「維新の三傑」と呼ばれた利通。予算がつかなかった公共事業を遂行するために自ら私財を投じたこともある。個人の財産を抵当に入れ、国の借金を減らそうともした。「西郷の敵」として、郷里では人気がないと言われがちな利通。けれども西郷の訃報に接した際、利通は号泣しながら、「おはんの死とともに新しか日本が生まれる。強か日本が……」と語っていた。「自分ほど西郷隆盛を知っている男はいない」とも言い得る男だった。

掲出歌はそんな利通が一八七三（明治六）年に詠んだ歌だ。『万葉集』以来の歌枕として知られ、紀貫之も藤原定家も詠んだ大阪の景勝地・高師の浜。ここの松が士族授産（明治新政府が旧士族の生活救済のためにおこなった施策）のため、続々と伐採されていた。二六三九本あったものが一七九一本伐採され、八百数十本が残るのみだった。一八七三年、この地を県令（現在の府知事にあたる）の税所篤《さいしょあつし》とともに訪れた内務卿の利通は、古来詠み継がれた松が失われていることを嘆いた。利通は、懐紙に掲出歌を書いて税所に手渡した。『小倉百人一首』にある「音に聞く高師の浜のあだ波はかけじや袖の濡れもこそすれ」（祐子内親王家紀伊《ゆうしないしんのうけのきい》）の本歌取りであることは税所も理解し、すぐに伐採を停止。この年の十二月、日本最古の公立公園として開園した浜寺公園は、現在では五千本を超える松林で知られる。泉州国際マラソンのスタート地としても親しまれている所だ。もし利通が歌を詠むことがなかったならば、高師の浜に今、松林が残ることはなかった。

利通が満四十七歳で生涯を終えた五月。健やかに天に伸びる松を仰ぎながら、利通の歩んだ日々を偲びたいと思う。

大久保利通（一八三〇～一八七八）……幕末から明治時代にかけての武士・政治家。討幕派の中核を担い、薩長同盟を推進。明治維新期には、版籍奉還・廃藩置県を敢行した。

鳴《な》く虫《むし》を驚かさじと寝屋《ねや》の戸を
とざさぬままに夜を明かしけり

木戸孝允《きどたかよし》

「維新の三傑」の一人として知られる木戸孝允。一八三三（天保四）年に長門国萩城下呉服町（現在の山口県萩市呉服町）に藩医の長男として生まれた孝允は、吉田松陰の教えを受け、江戸に出て剣術や西洋流砲術を学んだ。やがて藩内の指導者的存在として、高杉晋作らとともに尊皇攘夷《そんのうじょうい》の中心人物となっていく。薩長同盟を実現させたことでも、広く知られる。

明治維新後は総裁局顧問専任や参議など、明治政府の要職を務めた。諸藩主が土地と人民を朝廷に返還する「版籍奉還」、全国の藩を廃止し、府県をおいた「廃藩置県」、さらには士農工商の身分制度から「四民平等」の世へと移行することも提言。憲法制定や三権分立の確立など、新政府の中心を担った一人だった。「五箇条の御誓文」の起草にも携わり、明治天皇や長州藩主だった毛利敬親からも信頼が篤《あつ》かった。

そんな孝允の言葉として名高いものは、「大道《たいどう》行くべし、又何《またなん》ぞ妨げん」（信念をもって道を突き進めば、その道を妨げるものは何もない）だ。大隈重信にも「我輩が敬服すべき政治家」と言わしめた孝允は、病のため満四十三歳で亡くなるまで、この信念で歩み続けた。

孝允は「勧学《かんがく》」という漢詩も詠んでいる。「駑馬《どば》遅しと雖《いへど》も積歳《せきさい》多ければ／高山大沢《こうざんだいたく》尽《ことごと》く過ぐるに堪へたり／請《こ》ふ看《み》よ一掬泉巌《いっきくせんがん》の水／流れて汪洋万里《おうようばんり》の波と作《な》る」（足の遅い馬でも長い間努力をし、辛抱強く耐えたなら高い山も大きな谷でさえ乗り越えていくことができる。どうか見てもらいたい、岩間から流れ出る一掬《すく》いの泉も絶え間なく流れて広々とした大海の波となっていく）という詩だ。幕末から明治を駆け抜けた孝允は、一方で掲出歌のような和歌も詠んでいた。征韓論や台湾出兵に反対した孝允が抗議のために参議を辞した後、湯治先の深川温泉で詠んだものだ。小さな命へのまなざしも持ち合わせた孝允。鋤を持つ農夫を詠んだ詩もある孝允の元には身分を問わず、多くの人が集まり、悉くこれらの人々の声に耳を傾けたと語り継がれている。

木戸孝允（一八三三〜一八七七）……幕末の志士、明治時代の政治家。吉田松陰に学び、倒幕に尽力。明治維新後は、五箇条の御誓文の起草などに関わり、新政府の基盤を固めることに尽力。

語り合ひ盡《つく》しし人は先だちぬ今より後の世をいかにせむ

山県有朋《やまがたありとも》

大日本帝国憲法（旧憲法）が公布されたのは一八八九（明治二十二）年だった。翌年施行された憲法のもとで日本最初の帝国議会が開催された際、内閣総理大臣を務めていたのが山県有朋だ。

一八三八（天保九）年に長州藩士の子として生まれた有朋。松下村塾に学び、久坂玄瑞《くさかげんずい》ら、優秀な人々と交流した。有朋は生涯、自身は「松陰先生門下生」だと語り続けている。恩師をはじめとした俊英が次々と亡くなる中、一八六三（文久三）年には高杉晋作が創設した奇兵隊に参加。身分を問わず、有能な人材を登用した晋作のもと、伊藤博文らと共に頭角を現していった。

明治維新直後の一八六九（明治二）年にはヨーロッパへ行き、各国の軍事制度を視察。帰国後は日本の植民地化を防ぐために、軍政整備に尽力した。

一九〇九（明治四十二）年、盟友伊藤博文が暗殺された時に詠んだのが掲出歌だ。悲嘆にくれてはいても、日本の近代化のためにまだまだすることがあると、己を奮い立たせた一首。どんなに社会的な立場ができても、有朋は「自分は一介の武弁《ぶべん》（軍人）に過ぎない」と語っていた。日清戦争では首相経験者でありながら、前線にも立った。明治以降の日本史で戦争の前線に立った元首相は有朋だけだ。

有朋は「ひつじのみ群《むらが》る世こそうたてけれとらふす野辺に我はゆかまし」という一首も詠んでいる。「うたてし」は情けない、という意味の古語。「世の中を見ていると、か弱い者たちばかりで情けない。虎が伏しているような厳しい状況でも自分は突き進もう」という歌だ。涙脆《もろ》く、優しい男だったとも言われる有朋の心には常に恩師やかつての仲間たちがいたのかもしれない。残した和歌を読んでいると、あの頃の仲間たちとの約束を果たすために、有朋が最後まで奔《はし》り続けていたようにも思える。仲間たちの思い（思火《おもひ》）を燃やす〝松明《たいまつ》〟になろうとした覚悟。時空を超えた友情を育み続けた、八十五年の生涯だった。

山県有朋（一八三八～一九二二）……幕末の志士、明治時代の陸軍軍人・政治家。松下村塾に学び、奇兵隊の軍監として活躍。明治維新後は、軍制改革に尽力し、日本陸軍の基礎を築いた。

国よりも党を重んじ党よりも身を重んずる人のむれ哉《かな》

尾崎行雄《おざきゆきお》

十月七日は一九四六（昭和二十一）年に衆議院で大日本帝国憲法の改正案が可決された日だ。改正案——すなわち、現在の日本国憲法だ。憲法や国政に思いを馳せる時、忘れてならないのは尾崎行雄だ。尾崎は一八五八（安政五）年に相模国で生まれた。十代で平田篤胤《ひらたあつたね》の子が開いていた塾に学び、一八七四（明治七）年には慶應義塾に入学。福澤諭吉から認められ、五年後には福澤の推薦で『新潟新聞』の主筆にもなっている。その三年後には『報知新聞』の論説委員となり、明治の自由民権運動の代表的政党の一つ、立憲改進党の創立に参画した。一八九〇（明治二十三）年の第一回衆議院議員総選挙では三重県の選挙区から出馬し、当選。ここから当選二十五回、議員勤続六十三年という大記録を打ち立て、現在でも破られていない。

第一次世界大戦以後にヨーロッパ視察で戦争の悲惨さを見聞した尾崎は、一貫して軍縮論者となっていく。治安維持法の反対など、軍国化に反抗する姿勢を貫き通した。二・二六事件もあり、政治家が殺されても尾崎は「正成《まさしげ》が敵に臨める心もて我は立つなり演壇の上」という辞世歌を詠んで演説をし、命がけでこの国の軍国化を諫めようとした。後の三木武夫首相も恩師と仰いだ清廉潔白な人だったと伝えられる。どんなに政治的に孤立しても不敬罪で起訴されようとも尾崎は己の信念に従った。「墓標に代えて」という遺言も執筆し、たえず日本の取るべき道を模索した。

掲出歌はそんな尾崎の一九五〇（昭和二十五）年の一首。国会に集う人々を詠んだ歌だ。その前には「めでたかる此の議事堂にふさわしき議員を得るはいつの代ならん」という歌も詠んだ。「憲政の神様」と呼ばれた尾崎。憲政記念館には尾崎の揮毫《きごう》がある「人生の本舞台は常に将来に在り」という言葉。そんな尾崎は、「昨日までためせる事も見し事も明日往く道のしるべなるべし」という歌を詠んでいる。過去の失敗は活かせば全てが「明日往く道のしるべ」となることを、「議会政治の父」と称された先人は認識していた。

尾崎行雄（一八五八〜一九五四）……明治時代から昭和時代にかけての政治家。当選二十五回、議員勤続六十三年という記録を打ち立て、「憲政の神様」と呼ばれる。

走り出づる列車の窓に縋《すが》りくる手に渡さるる命のビザは

杉原《すぎはら》幸子《ゆきこ》

シリア情勢をはじめ、今も世界じゅうで難民として逃げまどう人々がいる。紛争に巻き込まれ、戦火に焼かれ、祖国を離れざるをえない人たち。そんなニュースに接するたび、思い出すのは第二次世界大戦下のリトアニアでビザを発給した杉原千畝《ちうね》だ。

一九〇〇（明治三十三）年に岐阜県で生まれた杉原は早稲田大学高等師範部英語科を経て、一九二四（大正十三）年から外務省に勤めた。満洲、フィンランドに赴任後、一九三九（昭和十四）年からリトアニアで勤務していた。翌年七月十八日、杉原にとって忘れることのできない事態が起きた。ドイツ占領下のポーランドから逃げてきた多くのユダヤ系難民が日本領事館にビザ発給を求めて押し寄せたのだ。当時の様子を妻幸子は、「ナチスに追われ逃れ来しユダヤ難民の幾百かの眼がわれを凝視《みつ》むる」と詠んでいる。難民の中には憔悴《しょうすい》しきったこどもたちの姿もあった。

人道的にビザの発給を、と願い、杉原は本省に連絡するものの、日独伊三国軍事同盟締結を間近に控えていたため、本省はこれを拒否し続けた。それでも現場の逼迫《ひっぱく》した状況や難民の背景を熟知していた杉原は外務省から罷免されることを覚悟の上、領事権限としてビザを発給し続けたのだった。「ビザ交付の決断に迷ひ眠れざる夫のベッドの軋《きし》むを聞けり」と詠んだ幸子も、杉原から相談された際、「ぜひそうしてください」と同意した。幸子の祖父は岩手県遠野神社の宮司を務めた人だった。その後、本省から止《や》めるように叱責されても杉原は怯《ひる》まず、寝る間を惜しんで数千人にも及ぶ人たちにビザを書き続けた。ベルリンへの移動命令を受けても、行きの列車の中で、車窓から差し出されたビザを書き続けたのだった。掲出歌はこの時の様子を詠んだものだ。

帰国した翌年、杉原は外務省を去り、八十六歳で亡くなるまで外務省の人々との交流を断った。「大したことをしたわけではない、当然のことをしただけだ」と語っていたという。杉原の行為は戦後、世界で称《たた》えられ、日本国政府も二〇〇〇（平成十二）年、公式に名誉回復をおこなった。

杉原幸子（一九一三〜二〇〇八）……昭和時代に活躍した外交官・杉原千畝の妻。千畝に同行してリトアニアに赴く。千畝の伝記の著者でもある。

第二章　リーダーたちの歌

為《な》せば成《な》る為《な》さねば成《な》らぬ何事も成《な》らぬは人の為《な》さぬなりけり

上杉鷹山《うえすぎようざん》

領地返上寸前だった米沢藩を立て直し、江戸時代屈指の名君として知られた上杉鷹山。藩の財政を改善するため、自ら一汁一菜を実践し、綿服を着、藩主総費用千五百両だったところを二百九両まで減らして暮らした。

「今の生活を犠牲にしてでも明日の藩の立ち直りを考えよう」といった趣旨の『志記』を藩士たちに与え、範を示した。藩主自身が鍬《くわ》を取って田を耕し、農業が大切なものであることを領民に伝えた。藩主が鍬を取る地域は他になく、農民は仕事に誇りをもって、励むことができた。「一村は互いに助け合い、互いに救い合うの頼もしき事、朋友のごとくなるべし」という言葉を鷹山は残している。老人を大切にし、月に一回、九十歳以上の老人を城に招いて敬老会を実施。十五歳以下の子どもが五人以上いる家庭には養育手当金を出すことも制度化している。貧しい家庭には、子どもの出生手当金も支給した。

ある時、老婆が干した稲の取り入れ中に夕立にあって、困っていた。通りがかった二人の武士は手伝った。取り入れの手伝いには新米の餅を配るのがこの地域の慣例だったため、老婆はそうさせてほしいと、武士たちに申し出た。門番に伝えておくからと言われた老婆が餅を持って訪ねてみると、そこに待っていたのは、なんと藩主の鷹山だった。藩主自らが手伝ってくれたのだと知り、老婆は腰を抜かすほど驚いた。

十七歳で米沢藩主となった時に、「受けつぎて国の司の身となれば忘るまじきは民の父母《ちちはは》」と詠んだ鷹山は、どんな苦境でも、信念を掲げ、領民を大切にして挑み続けたリーダーだった。その実践力。武田信玄の言葉を踏まえた掲出歌は、鷹山が自らに言い聞かせていた言葉でもあった。

国内のみならず、J・F・ケネディやビル・クリントンなど、アメリカ合衆国元大統領からも、最も尊敬する日本人政治家として称《たた》えられた男だった。

上杉鷹山（一七五一～一八二二）……江戸時代中期の大名。出羽国米沢藩第九代藩主。領地返上寸前の米沢藩再生のきっかけを作り、江戸時代屈指の名君として知られる。

人はただ身の程《ほど》を知れ草の葉の露も重きは落つるものかな

徳川家康《とくがわいえやす》

天下分け目の、と称される関ヶ原の戦いを制し、一六〇三（慶長八）年に征夷大将軍となった徳川家康。戦国乱世の時代に終止符を打った人物として知られる。武家諸法度を制定した家康は、一方で読書家でもあり、『論語』『中庸』『史記』『吾妻鏡』などを愛読していた。

古今東西、天下人と称される人は強引でわがままなイメージが連想されやすい。栄華を誇った藤原道長が「この世をばわが世とぞ思ふ望月の欠けたることもなしと思へば」（『小右記《しょうゆうき》』）と詠んだことはよく知られている。ところが、家康は奢《おご》るのではなく、「身の程を知れ」と詠んでいる。

姫路藩主榊原忠次が撰をした『武家百人一首』には、家康の「怠らず行かば千里の果ても見む牛の歩みのよし遅くとも」という和歌もある。「怠らずに向かったなら千里の道も到達できるだろう、たとえ牛のように歩みが遅かったとしても」という歌だ。

徳川将軍家の歌を集めた『富士之煙』には、「ころは秋ころは夕ぐれ身はひとつ何に落葉のとまるべきかは」という家康の歌も紹介されている。リズミカルな上句。流れゆく落葉を詠んだ下句。和歌と向き合うことでこそ、古典の素養豊かな家康の思いに触れることができる。

この時代ゆえ、作者が本当に家康かどうかについては諸説ある。次の有名な遺訓も実は家康が書いたものではないとも言われる。「人の一生は重荷を負て遠き道をゆくが如し、急ぐべからず。不自由を常と思へば不足なし。心にのぞみおこらば困窮したる時を思ひ出すべし。（中略）勝つことばかり知りて負くることを知らざれば、害、其《そ》の身に至る。己を責めて人をせむるな。及ばざるは過ぎたるよりまされり」。

けれども、身をもって負ける体験の貴さも知っていた家康。三歳で母親と離別し、八歳で父親を失った。勝ち続けていたわけではないからこそ、耕された心の田畑に実る作物もあった。長年薬草の探求もしてきた家康は、「草の葉」のみならず、その「露」にも着目し、和歌を詠んでいたのだ。

今、徳川時代を再評価しようという動きが世界的に進んでいる。限りある資源を有効活用し、リサイクルする循環型社会だった徳川時代。戦国乱世からの脱却に向けた軍縮政策を推し進め、独自の文化を花開かせた叡智《えいち》を学び直そうという人たちがいる。

「松高き丸山寺の流の井幾歳すめる秋の夜の月」「旅なれば雲の上なる山越えて袖の下にぞ月をやどせる」「稲むらに友をあつむる村雀ねがひある身のいそがしきかな」などの和歌も詠んだ家康。家康が詠んだ「流れの井」は今も静岡市の国指定史跡・賤機山《しずはたやま》古墳の近くの安西寺に現存している。

徳川家康（一五四三～一六一六）……戦国時代から安土桃山時代にかけての武将・大名。征夷大将軍となって江戸に幕府を開き、幕政の基礎を築いた。

曇《くも》りなき心の月を先だてて浮世の闇を照らしてぞゆく

伊達《だて》政宗《まさむね》

多くの人々が伊達政宗は戦国時代の武将として認識している。けれども、誰が何と言おうと、伊達政宗は歌人だ。一五六七（永禄十）年に米沢城主伊達輝宗の長男として生まれた政宗にもし歌の才能がなかったら、歴史はどう変わっていただろうか。

織田信長が稲葉山城を岐阜城とあらため、本格的に天下統一に乗り出した年に生まれた政宗。伊達氏十六世輝宗の嫡子としての誕生だった。五歳の時に疱瘡《ほうそう》（天然痘）を患い、右目を失明した。当初はあまり人前に出たがらない時期もあった。それでも、父は息子が秘める才能を感じ取っていた。武道はもちろん、伊達家でそれまで大事にされてきた和歌や茶道などを学ばせ、漢詩も三顧の礼を尽くして著名な師を招き入れた。「自分の片目が見えないのはなぜか」と問われた漢詩の師は、「梵天丸様《ぼんてんまる》（政宗の幼名）の目は龍《りゅう》が持っていったのです。龍は若殿が強い大将となるために天の上から見守っているのです」と答えたと語り継がれている。

一五九四（文禄三）年、栄華を誇っていた豊臣秀吉は、徳川家康や前田利家らを集めて観桜会と呼ばれる歌会を催した。歌枕として知られた吉野で豪華に行われた。ここに官位も決して高くなかった二十八歳の政宗が呼ばれたのは、秀吉が歌の詠める人物として評価していたからだ。

政宗はこの会で、「むかしたれふかきこころのねざしにてこの神がきの花を植ゑけん」という一首を詠んだ。他の人々のように単に目の前の桜を褒《ほ》め讃《たた》えるだけではなく、それを植えた人たちの心にまで想いを馳せたのだ。名立たる武将たちが参列し、それぞれに和歌を披露する中、秀吉は最も秀でているのは政宗だと讃え、「鄙《ひな》の華人」と絶賛した。

母のために屋敷を新調した際の親子の歌のやり取りなど、政宗の歌は今後も多くの人に語り継がれるだろう。納豆や凍り豆腐の開発者としても知られ、日本で初めての味噌の大規模生産体制を仙台城下に確立した政宗。彼は、「馳走《ちそう》とは旬の品をさりげなく出し、主人自ら調理してもてなすことだ」（『政宗公御名語集』）という言葉を残している。「旬の品をさりげなく出す」という感性は、詩心のあった政宗ならではのものだ。四季折々に芽吹くものの潤いや光沢。そこに見出されるはかなきものの美しさと滋味、寛《ゆた》かさ。「一期一会」は人間同士のものならず、自然界に暮らす命との間にも成り立つものなのだということを政宗は知っていた。馳走も和歌も大地からのもてなしに敏感でなくては生み出すことができない。

掲出歌はそんな政宗の人生最期の歌だ。「もし空に月が見えなければ、己自身の心の月を掲げながらこの世を照らしていく」——亡くなる日までこう詠み続けた政宗。詠んだ和歌を通してこそ、道なき道を拓《ひら》き続けた男のことを識《し》ることができる。

「春雨にひらけそめにし花よりもなほ色まさる霜のもみぢ葉」という歌も詠んだ。単純に「色彩」を詠んでいるだけではなく、歳月を重ねたことによる味わい深さ、趣にも言及しているのだろう。一六三二（寛永九）年には、「晩秋月に逢ふ興尤《もっと》も奇なり／風静かに雲収《おさ》まり夜を愛するとき／朋友対し斟《く》む三盞《さんさん》の酒／清光《せいこう》席を開いて家に到る遅し」（晩秋の今夜、名月を仰ぐことができるので面白みは格別だ。風も静かで雲も晴れた夜、友人と共に酒を酌《く》み交わし、清光を愛《め》でながら吟じた。帰宅が遅くなってしまうほどに）という漢詩も残している。自ら書写した『伊勢物語』『源氏物語』『枕草子』『徒然草』『古今和歌集』『新古今和歌集』も現存している政宗。天空を彩る秀麗な月を仰ぎつつ、あらためて「風雅の武士」と称された男の歌心を偲《しの》びたい。

伊達政宗（一五六七〜一六三六）……安土桃山時代から江戸時代初期にかけての武将・大名。仙台藩初代当主。隻眼となったことから、後世「独眼竜」の異名を付けられた。

今はただうらみもあらじ諸人《もろびと》の命にかはる我が身とおもへば

別所長治《べっしょながはる》

若くして亡くなった一人の男の和歌を紹介したい。地元の兵庫県三木市では、今も多くの人々に語られているものの、全国的な知名度はそれほど高くない武将――それが別所長治だ。

一五七〇（元亀元）年、父の病死によって家督を継いだ長治は、乱世の中、地域の武将たちとともに織田信長に反旗を翻して戦った。そのため、豊臣秀吉によって、拠点である三木城を攻められた。一度は敵を撃退させたものの、やがて神吉《かんき》城や志方《しかた》城などの支城から落とされていき、ついには三木城に食糧が十分届かない状況がつくられた。世に知られた三木の干殺《ひ》しと呼ばれる兵糧《ひょうろう》攻めだ。三木城内には餓死者が溢《あふ》れた。少しでも食べられそうなものは食され、馬の死骸まで食べながら人々は堪《こら》えた。やがて、頼りにしていた毛利軍の援軍も途絶えてしまう。それでも三木城に籠もった人々はあきらめなかった。こうした日々が二年近くに及んだある日、城内のあまりの餓死者の多さに若き城主が決断をした。まだまだ徹底抗戦を、と主張する叔父を説得し、自身や弟、叔父の命と引き換えに、城内のすべての領民の命を救おうとしたのだ。一切の責任は自分たちが負う。そのかわり領民すべての命は助けてほしい、と。

そんな長治が詠んだ和歌が掲出歌なのだった。「諸人の命にかはる我が身」なら、どんな運命でも受け入れようと詠んだ城主の心。この時長治は二十三歳、『信長公記《しんちょうこうき》』では二十六歳だったと伝えられている。どちらにしても二十代の藩主がこんな決断をして、亡くなったのだ。

古今東西、保身に奔りがちなリーダーも少なくない中、こんな決断をした男の歌。勝者だけでなく、敗者の勇者からも学ぶべきものがある。真のリーダーとはどんな人物であるべきか。長治の詠み遺した歌が訓えてくれている。

別所長治（一五五八？〜一五八〇）……戦国時代から安土桃山時代にかけての武将・大名。織田信長に反旗を翻し、秀吉の兵糧攻めに遭いながらも、三木城に籠城して戦った。

高き屋にのぼりて見れば煙《けぶり》立つ
民のかまどはにぎはひにけり

仁《にん》徳《とく》天《てん》皇《のう》

この歌は、『日本書紀』で「聖帝《ひじりのみかど》」と称された第十六代仁徳天皇の御製とされる。『古事記』と『日本書紀』で崩御された年齢が異なるなど、古代史ゆえに検証が難しい部分はあるが、仁徳天皇について、墳丘長四百八十六メートルの国内最大の前方後円墳の陵《みささぎ》だけが名高いのではもったいない。この歌に現れている仁徳天皇の施政こそ、語られるべきだろう。

仁徳天皇が即位してから数年後、高台に昇ってあたりを見渡した時、家々からは炊事の煙があがらず、国民が苦しい生活をしていることがうかがえた。かつて、聖王の世には家々に人々の喜びの声が響いていたと言われているが、今はその状況に至っていないことを仁徳天皇は実感する。都市で炊煙《すいえん》が疎《まば》らだということは、地方ではさらに五穀が実らず、人々が困窮に喘《あえ》いでいるのではないか。この状況を改善していくために仁徳天皇は三年間、全ての課税と賦役《ふえき》を免除することとした。さらにその間は倹約のために宮殿の修繕もいっさいおこなわなかった。雨漏りする部屋からは星空が見えるほどだったと伝えられる。

このようにして三年が経《た》った際、かまどからは炊煙が多く立ち上っているのが見ることができた。天皇は安堵《あんど》した。掲出歌はこの時に詠まれたものだ。天皇は妻にこう語ったと語り継がれる。「もし民が一人でも飢えているなら、君主は自らを責めなくてはならないのだ」と。やがて、仁徳天皇は誰からともなく「聖帝」と呼ばれるようになっていった。

この国では古来、天皇が国民を「おおみたから」と呼んでいる。民こそが国の「たから」なのだと。仁徳天皇は貧窮者を救い、孤児にも扶助していたことが『日本書紀』に記されている。現在の施政者は、中央でも地方でも真摯《しんし》に「民のかまど」の「にぎはひ」に向き合っているだろうか。「仁」と「徳」──古来大事にされてきた二文字の名を持つ天皇の施政に思いを馳《は》せたい。施政は姿勢であり、至誠にも通じていく。

仁徳天皇（3〜4世紀？）……第十六代天皇。応神天皇の第四皇子。租税を免除し、大規模な土木事業をおこなうなど、仁政をおこなったとされる。

わたつみの豊旗雲《とよはたぐも》に入日《いりひ》さし
今夜《こよひ》の月夜《つきよ》さやけかりこそ

中大兄皇子《なかのおおえのおうじ》

「明治」「大正」「昭和」「平成」と現在でも活用されている元号。『日本書紀』によれば、日本で最初にこの元号が用いられたのは六四五年の旧暦六月十九日のことだった。最初の元号に採用されたのは、「大化」。出典は中国最古の歴史書『書経《しょきょう》』など、いくつかの文献が指摘されている。六四五（大化一）年といえば何といっても「大化の改新」だろう。中大兄皇子と中臣鎌足《なかとみのかまたり》が中心となって断行した飛鳥時代の政治改革。翌年一月には「改新の詔《みことのり》」を出して、公地公民制や戸籍と計帳を作成し、公地を公民に貸し与える班田収授法《はんでんしゅうじゅのほう》、租庸調《そようちょう》の税制などが整えられていった。

舒明《じょめい》天皇の第二皇子である中大兄皇子。六六〇（齊明天皇六）年に友好国であった百済《くだら》が唐と新羅《しらぎ》の連合軍に攻められて滅亡に追い込まれると、百済の人々の申請を受けて、百済再興のために、母である斉明天皇と共に九州に赴いた。ところが翌年、斉明天皇は崩御。中大兄皇子が政務を執ることになった。

掲出歌はこの唐・新羅との戦いに向かった際の歌だと伝承される。最後の「さやけかりこそ」は文献によってさまざまな言葉が用いられる。けれども、意味はどれも似ていて、「大海原に旗のようにたなびく雲の間に沈む夕日が光り輝いている。今宵《こよい》の月はさぞかし清く明るいものとなるに違いない」と解釈されている。

一時は新羅を百済から追い払ったものの、唐が加わった白村江《はくすきのえ》の戦いで敗れてしまった遠征軍。百済を失った日本は、その後、海を挟んで唐の脅威と対峙《たいじ》することになり、百済から来た技術者の協力も得て、各地に水城や山城を築いていった。中大兄皇子はこの頃、天智天皇となり、九州に防人《さきもり》を置いて国土防衛にも力を入れている。

『万葉集』に数首の歌が伝わる天智天皇。『小倉百人一首』冒頭におさめられた「秋の田の仮庵《かりほ》の庵《いほ》の苫をあらみわが衣手は露にぬれつつ」の作者としても知られる。

中大兄皇子（六二六〜六七二）……第三十八代天皇。中臣鎌足の協力で蘇我氏を滅ぼし、大化の改新をおこなう。大津宮に遷都ののち即位し、天智天皇となる。

この世をばわが世とぞ思ふ望月《もちづき》の欠けたることもなしと思へば

藤原道長《ふじわらのみちなが》

掲出歌を詠んだ藤原道長は九六六（康保三）年に京都で生まれた平安時代の公卿だ。村上天皇の右大臣を務めた祖父（師輔《もろすけ》）を持ち、摂政を務めた兼家の五男として誕生した。三人の娘を天皇の后とし、後一条天皇、後朱雀天皇、後冷泉天皇の外祖父となった人物として知られる。

掲出歌はそんな道長の三女威子《いし》が後一条天皇の中宮となった際に催された祝宴での歌だった。「満月に欠けているところがないようにこの世はすべて自分のものだ」と詠み、公卿たちは後に続いてこの歌を詠じたという。後に書かれた『平家物語』が「おごれるもの久しからず」と綴《つづ》り、松尾芭蕉も「夏草や兵《つわもの》どもが夢の跡」と詠んだように、傲慢な心の人間の天下は長く続かなかった。月が満ち欠けを繰り返すように、藤原氏の権力も急速に衰えた。

今、権力を誇り、栄華を誇る人々も、奢り、用い方を間違えれば、すぐに終焉を迎えていく。月は満ちた後に欠けていくのが習いだ。「望月の欠けたることもなし」と驕《おご》る施政者の行く末は古今東西変わらない。

藤原道長（九六六〜一〇二七）……平安時代中期の公卿。娘たちを后に立てて外戚となり、摂政・太政大臣を歴任。絶対的な権力のもと、栄華を極めた。

秋風にうきたつ雲はまどへども
のどかにわたる雁《かり》のひとつら

足利尊氏《あしかがたかうじ》

足利尊氏と聞けば、多くの人は室町幕府を開いた征夷大将軍《せいいたいしょうぐん》として記憶しているだろう。鎌倉幕府から後醍醐《ごだいご》天皇の討伐の命令を受けたが従わず、反旗を翻した尊氏。それまで、「高氏」と名乗っていた彼は、鎌倉幕府滅亡後、後醍醐天皇の諱《いみな》を一字賜わり、「尊氏」と名乗るようになった。

尊氏は、「他人の悪を能《よ》く見る者は、己が悪これを見ず」（人の欠点ばかり探し出す人は、逆に自分自身の欠点が見えていないものだ）という言葉を残している。一三三八（延元三）年から一三五八（延文三）年まで、二十年にわたって征夷大将軍を務めた尊氏。多くの敵だった人物を許し、幕府に迎え入れた将軍としても知られる。物に固執せず、金銀は功績のあった部下たちにどんどん分け与えていく人だった。

「うたたねも月には惜しき夜半なれば中々秋は夢ぞみじかき」という尊氏の歌がある。「しばらくうたたねをしたものの、秋は月を見逃してしまうのが惜しいので、つい目が覚めてしまう。秋の夜長というけれど、思いがけず、秋の夢は短くなってしまう」という歌だ。古来、秋の夜は長い、というイメージがある中で、「秋は夢ぞみじかき」と詠むことができる独自性。一見、常識はずれであるように見えて、説得力がある歌に仕上げるのは容易なことではない。

他にも、「露にふす籬《まがき》の萩は色くれて尾花ぞしろき秋風の庭」（露の重みでしなる垣根の萩は暮れなずむ色に包まれている。薄《すすき》の穂がほの白く靡く秋風の吹く庭よ）という歌も詠んだ尊氏。

掲出歌は、「秋風に空高く浮かんだ雲は不安定に漂うけれども、雁の一群はゆったりと大空を渡ってくる」という歌意だ。「雲」と「雁」との対比がおもしろい。景色を詠んだ歌だけでなく、そこに人間模様が編み込まれているのかもしれない。ある時は「夕ぐれの月」を詠み、ある時には「〈檜原《ひばら》〉（ヒノキ林）の奥の鐘の響き」にも着目した歌を残した尊氏。歌詠みとしての側面についても、今後はもっと探求されるべきではないか。

足利尊氏（一三〇五〜一三五八）……鎌倉時代後期から南北朝時代の武将。反鎌倉幕府の兵を挙げたものの、後醍醐天皇と対立。光明天皇を立てて北朝を興し、後に室町幕府を開く。

昨日《きのふ》なし翌《あす》またしらぬ人はただ
今日《けふ》のうちこそ命なりけれ

今川《いまがわ》義元《よしもと》

旧暦五月十九日は、織田信長が駿河国や遠江国《とおとうみ》の戦国大名だった今川義元を討ち破った日だ。一時は三河国も有し、天下をうかがえる位置にもいたと言われる義元。そんな義元が信長の奇襲によって敗れたのが一五六〇（永禄三）年。世に知られた「桶狭間《おけはざま》の戦い」だ。

駿河の守護を務める家柄だった今川氏は、足利将軍家の分家だった。公家文化にも精通し、都を逃れてきた公家を保護したこともあった。父の氏親《うじちか》が天皇家と遠戚関係にあった三条西実隆《さんじょうにしさねたか》から和歌の薫陶を受けていたように、義元も藤原定家・為家の子孫として歌道を伝える冷泉《れいぜい》家の第七代、冷泉為和《ためかず》から直接和歌の手ほどきを受けていた。長く、今川領に住んでいたため、為和は今川為和とも言われたほどだ。当時の武将には珍しく、義元は毎月歌会をおこなっていた。

掲出歌は戦乱の時代に生きた義元らしい一首だ。「昨日までのことは終わり、明日のことはわからない。人は今、目の前のこの時こそがすべてなのだ」という歌。義元は、「また明日の光よいかに過ぎて来《こ》しあとは今宵の月の影かな」という歌も残している。「また明日の月光はどうなっているだろうか、こうして明日はどうなることだろうと過ごしてきた結果、私は今、今夜の月光を眺めていることだ」という意味で解釈されている。

義元が家督を継いだ頃は、近隣諸国では北条氏の他、国内統一を虎視《こし》眈々《たんたん》と狙う武田氏、さらには織田氏などの新興勢力が台頭しはじめていた。義元も婚姻関係によって、武田信玄や北条氏康と義兄弟になっていた。天下人をめぐる争いが続く中、実際の親子関係に似せて結んだ主従関係の「寄親寄子《よりおやよりこ》制度」を取り入れ、家臣団の結束を図った義元。亡父の定めた「今川仮名目録」に二十一条の追加法も定め、現在の社会保障制度にも通じるものを規定している。これまで十分な評価をされてきたとは言い難い義元。けれども四百五十年にも及ぶ時を経て、今なお古びることのない掲出歌を残したのだ。幸田露伴も義元をモデルとした小説を発表している。

今川義元（一五一九〜一五六〇）……戦国時代の武将・大名。駿河・遠江を支配。桶狭間で織田信長勢と戦った。

花咲けと心をつくす吉野山　又来む春を思ひやるにも

前田利家《まえだとしいえ》

これは、羽柴（後の豊臣）秀吉と柴田勝家の「賤ヶ岳《しずがたけ》の戦い」以後に、秀吉から金沢城を与えられた前田利家の歌だ。若い頃に織田信長に仕えた利家は、後に豊臣五大老も務めた大名だった。そんな利家が尾山城と呼ぶようになった金沢城に入城したのは一五八三（天正十一）年四月二十八日のことだ。前田家は以後、明治維新までここを拠点とし、兼六園は五代藩主綱紀《つなのり》がつくった庭園だ。

「花よ咲けと精いっぱい願う。また来年も春が来て、桜が咲くことは想像できるけれども」という利家の掲出歌。この歌が詠まれたのは一五九四（文禄三）年二月のことだった。秀吉が吉野山で花見の宴《うたげ》を開催した際、歌会がおこなわれ、発表された一首だ。

秀吉の信頼もあつかった利家は一五九八（慶長三）年に千三百名を集めて開催された京都醍醐《だいご》寺の花見の際にも招かれ、「さきつゞくわか枝の花も今年よりにほひは代々の春につきせじ」などの歌を残している。「にほひ」は単に香りが優れているだけではなく、「光」や「威光」の意味も有する古語だ。「わか枝の花」には秀吉の幼い息子・秀頼への思いも込められている。秀吉と同年で、この年六十二歳で家督を長男に譲った利家は、息子を案じる秀吉の気持ちを誰よりも理解していたのかもしれない。晩年は多くの武将たちからも慕われた利家。「武門とは信義の番兵であり、人の生涯は心に富を蓄えるためのもの」だと語り、後年、茶の湯や能、漢籍などの文化も学び続けた。

五大老の中に、もし不心得の者があれば身を呈してでも諫《いさ》めよ、という秀吉の願いを最後までかなえようとした利家。犀《さい》川と浅野川に挟まれた台地に築かれた城でどんな世の到来を祈願していたことか。

前田利家（一五三八～一五九九）……安土桃山時代の武将・大名。加賀藩主前田氏の祖。豊臣秀吉に仕え、五大老の一人に命じられて秀頼の後見を託された。

竜田川《たつたがは》浮かぶ紅葉《もみじ》のゆくへには
流れとどまることもあらじな

毛利《もうり》元就《もとなり》

一四九七（明応六）年に中国地方の豪族の次男として生まれた毛利元就は苦労人だった。五歳で母を亡くし、十歳で父を亡くしている。家臣に追い出されるという体験もし、「乞食若殿」と呼ばれたこともあった。

それでも、元就は育ててくれた養母杉大方《すぎのおおかた》への感謝を忘れず、生涯にわたって、朝日を拝み続けた。月も尊んだ。一族の結束を重視し、家臣も大切にした。家臣の体に刺された弓が残って取れなくなった際、医者ですら見放したにもかかわらず、元就は懸命に家臣の傷口を自らの口で吸い、ついには弓を取ったという逸話も残る。

そんな元就は、和歌をとても大事にした。「目に見えない鬼神をも従え、猛々しい武士の心をも慰めるのに和歌に勝るものはない。和歌の道に疎いのは血の通わぬ木石と同じだ。『大和歌』と書いて『ことのは』と読む。『和』とはすなわち穏やかな威光のことである。互いに睦み合い仲良く暮らすのに和歌ほど役に立つものはない。この国に生を受けながら和歌を詠まないのは、神のおぼしめしに背いていると言っても過言ではない」と信じていた。

「岩つつじ岩根の水にうつる火の影とみるまで眺めくらしぬ」（岩躑躅《つつじ》の紅い花が夕陽に照り映えて、燃えあがるような朱色へと移っていく。その変化に見とれるうちに日が暮れてしまった）と詠み、「友を得て猶《なお》ぞうれしき桜花昨日にかはるけふの色香は」（友を得ることができて、この桜花が昨日にも増してより嬉しく、すばらしいものに思える）という歌も残した。『元就卿詠草』または『春霞集』と言われる歌集もある武将だった。

「竜田川に浮かぶ紅葉のゆくえには流れがとどまらないでほしい」と詠んだ掲出歌。竜田川が古歌にも詠まれた歌枕であることは、元就もよく知っていた。『小倉百人一首』だけでも竜田川の歌は二首登場する。「ちはやぶる神代もきかず竜田川からくれなゐに水くくるとは」と詠んだのは在原業平、「あらしふく御室の山のもみぢ葉は竜田の川の錦なりけり」は能因法師の歌だ。こうした古歌に名高い歌枕を踏まえ、歌を詠んだ元就。

一五七七（弘治三）年、勝栄寺で書いた直筆の「三子教訓状」は山口県防府市の毛利博物館に収蔵されている。六十歳を越えていた元就が三人の息子に贈って書いた書状。一本の矢では折れてしまうものでも、三本束ねれば……という「三本の矢」のエピソードは、今も多くの人々に語り継がれる。

どんな境遇でもあきらめず、耐え忍び、活路を見出した七十五年の生涯。「智、万人に勝《すぐ》れ、天下の治乱盛衰に心を用うる者は、世に真の友は一人もあるべからず」という言葉も残した「智」の武将のことを、今では戦国最高の知将と呼ぶ人もいる。

毛利元就（一四九七〜一五七一）……戦国時代の武将・大名。もとは安芸の小国の領主にすぎなかったが、あらゆる手立てを用いて中国地方のほぼ全域を支配下に治めた。

清見潟《きよみがた》空にも関のあるならば月をとどめて三保《みほ》の松原《まつばら》

武田信玄《たけだしんげん》

甲斐の龍、あるいは甲斐の虎とも称された戦国武将・武田信玄。信玄が詠んだ「人は城　人は石垣　人は堀　情けは味方　仇は敵なり」の歌は武田節の歌詞にも引用され、名高い。「甘柿も渋柿もともに活用せよ」と語り、「己のしたいことよりもまず嫌なことを為せ、その心意気さえあれば挫折したり、身を亡《ほろ》ぼすことはない」と自らに言い聞かせていた。

信玄には月を詠んだ歌が多い。阿倍仲麻呂の「天の原ふりさけ見れば春日なる三笠の山に出《いで》し月かも」、在原業平の「月やあらぬ春や昔の春ならぬ我が身ひとつはもとの身にして」など、古来よく知られた歌も多い中、信玄の月の歌は個性的だ。掲出歌に詠まれた「清見潟」は、古くから東海道の景勝地として名高い、清水の海岸だ。富士を望み、天城連山も望むことができる「歌枕」。十代から詩を読み、漢詩にも長《た》けていた信玄は、『万葉集』以来、ここで多くの名歌が詠まれたことは承知していた。「陸地にある【関所】がもしも天にもあるならば、三保の松原よ、ぜひこのすばらしい月を留《とど》めておくれ」、と詠んだ一首。信玄の機智と非凡さを思わずにはいられない。「幾年《いくとせ》か我身ひとつの秋を経て友あらばこそ月を見てまし」「冴えさゆる夜半の嵐に雲はれて雪に光をのこす月影」とも詠んでいた。

一五五九(永禄二)年に法善護国寺に納められた『武田晴信(信玄のもとの名)朝臣百首和歌』は焼失したものの、富士浅間神社の神官による写本があったため、今も百首にも及ぶ信玄の歌が語り継がれる。「袖の香を花橘にうつしきて風のたよりや故郷の友」「幾年か我身ひとつの秋を経て友あらばこそ月を見てまし」等の友を詠んだ歌、「暮れにけり今年もいまは杉の戸の明くる間惜しき鐘の声かな」という大晦日《おおみそか》の歌など、古典の素養も存分に踏まえた歌を多く詠み残している。「友あらばこそ月を見てまし」は、「友があってこそ月は見るものだ」という意味だ。「杉の戸」には「過ぎ」が掛詞《かけことば》として用いられている。

上杉謙信との五度の川中島の合戦で知られた信玄の人生は、それ自体が未完の歌集だったのかもしれない。「戦は四十までは勝つようにし、四十を過ぎたら負けないようにすべきだ」という言葉も残した信玄。「上駻《じょうかん》の中の駻《かん》こそ大将の乗るべき馬と知れや武士《もののふ》」という歌も詠んだ。「上駻」とは「荒馬」のことだ。実際、信玄の愛馬「黒雲《くろくも》」は大変気性が荒く、信玄以外には乗りこなせなかったと語り継がれる。荒馬を乗りこなしてこそ、真の大将だと詠んだ信玄は、大将とはいかなる人物であるべきかを常に自問していた。

信玄は語っていた、「晴信（信玄）がもし定めや法度に違反していることがあれば、身分の高い低いを問わず、目安（投書）をもって申し出てほしい」と。戦国時代に、「時と場合によっては自ら覚悟する」とさえ語ったのだ。「組織とはまず上に立つ者が己を管理することから始まる」といった言葉も残した信玄の思いや和歌。敵からも一目置かれ、時には頼りにされた信玄は、古典を学び、心身を鍛え続けた。自分たちの暮らしをよくすることだけを考えず、各地で治水事業や新田開発をおこなって、民のためにできることを実践した。暴利を貪《むさぼ》るのが為政者ではなく、民あっての為政者なのだということを見失わなかった。交通整備も大事だと考え、伝馬《てんま》制度も確立させている。大河では川の流れで一人の犠牲者も出ないように、皆の手拭いを結び合わせて一本の綱をつくって乗り越えた。和歌にも漢詩にも秀でた信玄が大事にしたものは「信頼」だった。

今こそ反芻したい四百数十年前の言葉がある。

武田信玄（一五二一〜一五七三）……戦国時代の武将・大名。甲斐の守護となり、越後の上杉謙信と川中島で数度抗争しつつ、信濃一円を領国化した。

武士《もののふ》の鎧《よろひ》の袖《そで》を片敷《かたし》きて
枕に近き初雁《はつかり》の声

上杉謙信《うえすぎけんしん》

旧暦九月十日は上杉謙信と武田信玄との間で最も激戦となる第四回川中島の戦いがおこなわれた日だ。内乱が続いていた越後国を統一し、産業も興した謙信。名君の誉れ高く、「越後の虎」とも「越後の龍」とも語られた。

信玄は、謙信のことを「気性のまっすぐな、頼めば必ず援《たす》けてくれる男だ」と語っている。『甲陽軍鑑《こうようぐんかん》』によれば、信玄は自身の死後、甲斐を保つためには謙信に頼るしかないと遺言を残している。さらに謙信と戦った北条氏康も、「謙信は義理堅く死後後事を託すことができるのは彼のみだ」と語ったことが、『名将言行録』に記されている。敵将からここまで頼られる武将も珍しい。武田信玄が今川氏真、北条氏康から塩留めをされて塩が窮乏《きゅうぼう》していた際、塩を送った

「敵に塩を送る」という逸話は有名だ。

ただ単に争うのではなく、人としての矜持《きょうじ》や「義」をとても大事にしていた謙信。毘沙門天《びしゃもんてん》を信仰し、本陣の旗印にはいつも「毘」の文字を掲げていた。二十代半ばを過ぎると比叡《ひえい》山にのぼり、やがて晩年には剃髪《ていはつ》して「謙信」と称している。

謙信は和歌にも優れていた。掲出歌の「かたしき」は元々、衣の片袖を敷いて一人さびしく寝ることをあらわす言葉だ。ここでは「陣中、鎧の袖を敷いて仮寝をしていると、この秋初めて聞く雁の鳴き声が枕元まで響いてくる」という意味だ。「初雁」は、秋のはじめに渡来する雁で、古来、和歌によく詠まれてきた。初雁の冴《さ》えわたる鳴き声と陣中を包む緊張感。これらが響き合い、秋の夜長に寝付くことのできない状況を連想させる。

「野伏《のぶし》する鎧の袖も楯《たて》の端《は》もみな白妙の今朝の初雪」「極楽も地獄も先は有明の月の心に懸《か》かる雲なし」など、古典の素養の豊かな歌を詠んだ謙信。「霜は軍営に満ちて秋気清し」で始まる漢詩も名高い。

他国から救いを求められると幾度となく出兵し、織田信長、武田信玄ら名を馳《は》せたさまざまな武将とも勇敢に戦った。混乱期にあっても、侵略するための戦いは決しておこさなかった。領民を大事に思い、雪の深い時期の出兵も控えた。衣類の原料となる植物「青苧《あおそ》」を栽培し、それを財源にするなど、内政にも力を注いだ謙信。

「義」とは何か。名高い先人や天地《あめつち》と対話をするために謙信は古歌を学び、己のありかたを模索し続けた。「天下」とは「天の下にあること」――天の尊さを知る武将だったことが謙信の詩歌からはうかがえる。

上杉謙信（一五三〇〜一五七八）……戦国時代の武将・大名。謙信は法号。内乱の続いた越後国を平定したほか、武田信玄らと合戦をくり広げた。

さえのぼる月にかかれる浮雲《うきぐも》の
末ふきはらへ四方《よも》の秋風

織田信長《おだのぶなが》

豊臣秀吉・徳川家康と共に三英傑と称される織田信長にこんな秋の歌があることをご存じだろうか。

「冴《さ》え昇る秋の月」を仰ぎつつ、天下人へと昇る己の状況とも重ね合わせていたのかもしれない。「浮雲」の「浮き」には「憂き」も掛けられている。「憂き」ものを吹き払ってくれる秋の風への思い。古典の素養が垣間見られる一首だ。

後世のドラマや映画、小説などでは信長の荒々しい側面が描かれることが多い。けれども実は、障害を持った男性が乞食《こじき》をしていた際には地域の人々を呼び、木綿二十反を与えたといったエピソードも知られている。「これを金に換え、小屋を建て、彼が飢えてしまわないように毎年、米や麦を施してやってくれ」と語ることのできる武将だった。『信長公記《しんちょうこうき》』の一五七五〔天正三〕年に記された逸話だ。

検地や楽市楽座などの政策を用いて、新しい社会体制づくりにも貢献した信長。商業の発展を妨げていた「関税」の撤廃。さらには険しい山道への舗装、川には橋をかけてインフラを整備したことも信長の功績として語り継がれる。

「どんな時代にも変わり者が世の中を変えていく」など、信長が語ったと語り継がれる言葉には愛誦性《あいしょう》のあるものが多い。

一五八二〔天正十〕年、六月二日未明におきた本能寺の変の数日前、信長は五月二十七日には連歌の会を催し、「ときは今あめが下知る五月かな」と詠んでいる。

本能寺には信長が詠んだと伝わる次の和歌も残る。「うらみつる風をしつめてはせを葉の露を心の玉みかくらん」――「はせを葉」は芭蕉の葉だ。「恨みなどの悪しき慣習がはびこるような乱れた世の風を鎮めて、芭蕉の葉の露が流れ落ちてしまうことのないように、私は自らの心を磨いていく」という歌意だ。根底には平和な世の到来を願う気持ちが込められている。

宣教師に連れられてきた黒人にも人種差別をすることなく、弥助の名をつけ、家臣として迎え入れた信長。豊臣秀吉が、子の生まれない正室につらく当たったと知った時には手紙を送り、正室を励ました。庶民と共に踊り、庶民の汗を拭いてあげたこともあったという。

そんな信長が詠み残した和歌は、まだ発掘途中である。今後も調査を続けていけば、眠っていた思いがけない宝にめぐりあうことができるかもしれない。

織田信長（一五三四〜一五八二）……戦国時代から安土桃山時代の武将・大名。桶狭間の戦いで今川義元を破り、尾張を平定。後に京都に上り比叡山を焼き討ち、将軍足利義昭を追放した。さらに、武田勝頼を破って武田氏を滅亡に追い込み、天下統一を目指した。

なき人のかたみに涙残し置きて
行方しらずに消えはつるかな

豊臣秀吉《とよとみひでよし》

これは、秀吉に古典文学を教えていた細川幽斎の『衆妙集』に残る一首だ。文献によっては「亡き人の形見の涙残しおきてゆくへも知らず消えはつるかな」とも語り継がれる。

和歌を好み、一五九四（文禄三）年の吉野山花見、一五九八（慶長三）年の醍醐《だいご》観桜会などの大規模な歌会を催した秀吉。「都にて聞きしはことの数ならで雲ゐに高き不二の根の雪」という富士山の歌も詠んでいる。

掲出歌は一五九二（文禄元）年正月に詠まれたものだ。前年八月に秀吉は息子の鶴松を病気で亡くしていた。この歌を詠んだ時、秀吉は亡き息子の夢を見たのだった。「正月十六日、大閤《たいこう》過ぎし夜の御夢に若君を御らんじて、こたつのうへに御涙おちたまりければよみ給へる」という詞書が添えられている。「忘れ形見としての涙を残しておいて、君は行方も知らずに消え果ててしまったなあ」と嘆き悲しむ一首。愛する鶴松はわずか数え三歳で亡くなってしまっていた。

この歌を詠んだ翌年の一五九三（文禄二）年に、秀吉の最後の息子となる秀頼が誕生。それから数年後の一五九八（慶長三）年九月十八日に秀吉は死去している。死期を悟った秀吉が二度にわたって徳川家康、前田利家、宇喜多秀家、毛利輝元、上杉景勝の五大老に、まだ幼い秀頼を頼むと念を押した手紙はよく知られている。「返々《かへすがへす》秀より事、たのみ申し候。五人の衆、たのみ申し候。たのみ申し候」――秀吉の切実さが伝わる。「世が安らかになるのであれば、いくらでも金を使う」と語っていた秀吉はこどもたちが安心して暮らせる世の到来を夢見ていた。

「名も高き今夜《こよひ》の月の音羽山詠《ながめ》にあかし夜はふけぬとも」という歌も秀吉は詠んでいる。音羽山は紀貫之らが詠んだ歌枕だ。「秋風の吹きにし日より音羽山峰の梢《こずゑ》も色づきにけり」と詠んだ貫之の歌を知っていたのだろう。

ある段階から、文化的修練に励んだ秀吉の和歌。人間味に溢れた歌が多い。

豊臣秀吉（一五三六～一五九八）……安土桃山時代の武将・大名。織田信長に仕え、その死後、明智光秀らを討つ。関白・太政大臣に就任し、四国・九州・関東・奥州を平定して天下を統一。

たちならぶ山こそなけれ秋津すや
我日本《ひのもと》のふしの高ねに

水戸《みと》光圀《みつくに》

旧暦十一月二十三日は富士山が最後に大噴火をおこした日だ。一七〇七（宝永四）年のことだった。掲出歌は、後に「水戸黄門」と呼ばれることになった常陸《ひたち》水戸藩二代目藩主水戸光圀の一首だ。徳川家康の孫でもあった光圀は、十八歳で司馬遷の『史記』と出会い、それまでの放蕩《ほうとう》無頼な日々を省《かえり》みた。以後、学問に勤《いそ》しむ。もし自国にも『史記』のような立派な歴史書があれば、後の人々の生きかたに役立つのではないかと考え、光圀は彰考館《しょうこうかん》を設けて、『大日本史』の編纂《へんさん》に取り組んだ。「彰考」は、光圀自身の命名で、『春秋左氏伝』の「彰往考来《しょうおうこうらい》」（過去の出来事を彰《あき》らかにし、来時を考察する）に由来している。

『大日本史』の序文には、歴史を振り返ることによって、物事の善悪を判断し、行動の指針とすることなどが記されている。本書は明治三十九年に完成するまで、二百数十年にわたる歳月を必要としたのだった。古典を研究し、文化財を保護し、この国の文化事業に大きな役割を果たした光圀。他方、三度にわたる蝦夷《えぞ》地探検をおこなうなど、探究心旺盛な人物だった。藩医に命じて、『救民妙薬』を編纂し、薬草の用いかたを人々に伝えている。

『常山詠草《じょうざんえいそう》』という自身の歌集には、「朽ち残る老木《おいき》の梅も此の宿の春にふたたび逢ふぞ嬉しき」など、千五首の和歌を残した。『万葉集』研究を重視し、契沖を庇護して、『万葉代匠記』をまとめさせた業績は和歌史に燦然《さんぜん》と輝く。「もろともに見しその人の形見ぞと思へば思へば月もなつかし」とも詠んだ光圀。「一緒に観た人の形見だと思えば、あの天空の月でさえなつかしい」という歌は、亡き妻を偲んでのものだろう。光圀は妻の命日に剃髪している。

掲出歌の「秋津」は、実りの中で飛び交う蜻蛉《とんぼ》を連想させる日本国の古称だ。たちならぶ山のない、唯一無二の不二《ふじ》山。日本《ひのもと》を代表する富士の姿を心に仰ぎながら、光圀は常に歩み続けていたのかもしれない。

水戸光圀（一六二八〜一七〇〇）……江戸時代前期の常陸水戸藩第二代藩主。『大日本史』の編纂などの文化事業に尽力。後に「水戸黄門」として知られるようになる。

いにしへの道を聞きても唱へても
わがおこなひにせずばかひなし

島津日新斎忠良《しまづじっしんさいただよし》

「薩摩の聖君」と呼ばれた作者は一四九二（明応元）年に生まれ、一五六八（永禄十一）年に亡くなるまでの人生で薩摩国を統一した戦国武将だ。有力とはいえない分家の出身でありながら、文武に秀で、やがては島津宗家の当主となって、島津氏隆盛の礎を築きあげた人物として知られる。万之瀬川に橋をかけ、城下町を整備し、琉球を通じた明との貿易もおこなっていた。地域のために養蚕などの産業もおこし、善政に努めた人物として名高い。

そんな忠良公の生涯の中でも、特に誉れ高いのが「島津日新公いろは歌」だ。後の薩摩藩の教育基盤になったとも言われる四十七首の歌。

掲出歌は、その冒頭を飾る一首だ。「昔の賢者からのすばらしい訓《おし》えや学問を唱えているだけでは役に立たない。大事なのは、その訓えを自ら実践、実行することだ」という意味の歌。他に「敵となる人こそ己が師匠ぞと思ひかへして身をも嗜《たしな》め」という歌がある。「自分にとって敵だと思う人こそ師匠と思うようにせよ。思いなおして反面教師とすることで、自らを磨くこともできるのだから」という作品だ。「つらしとて恨《うらみ》かへすな我れ人に報い報いてはてしなき世ぞ」という歌もある。「相手の仕打ちがどんなにつらいものだったとしても、決して憎み返すことはするな。恨みは次から次へと続いてしまう。恨みに対して徳をもって対処する心構えが大切なのだ」という教訓歌だ。忠良公は五年ほどの歳月をかけて四十七首を詠み、この「いろは歌」は、薩摩藩士たちの心の支えとなって、受け継がれていった。当時の歌の大家・花本宗養、さらには関白も務めた近衛稙家《このえたねいえ》が跋文《ばつぶん》を書いている。

南さつま市の竹田神社に祀《まつ》られている忠良公。「昔より道ならずして驕《おご》る身の天のせめにしあはざるはなし」（古来、道に外れ驕り高ぶった者で天罰を受けなかった者はいない）という歌も残している。

島津日新斎忠良（一四九二～一五六八）……戦国時代の武将・大名。薩摩国を統一し、善政を敷いた。その影響力の大きさから、「島津家中興の祖」とも言われる。

三つの國萬の民も安かれと年の初めに祝ふ言の葉

島津《しまづ》斉彬《なりあきら》

幕末に活躍した四人の大名を「幕末の四賢侯」と呼ぶ。福井藩第十四代藩主松平慶永《よしなが》、土佐藩第十五代藩主山内豊信《とよしげ》、宇和島藩第八代藩主伊達宗城《むねなり》、そして薩摩藩第十一代藩主である島津斉彬だ。松平慶永は、「『大名第一番の御方』が島津斉彬だった」と語っている。名君の誉れ高く、西郷隆盛らの人望も厚かった。

一八五一（嘉永四）年、藩主となると斉彬はさまざまな産業を興した。反射炉や溶鉱炉を建て、冶金《やきん》技術を発展させた。外国から帰還して間もなかったジョン万次郎を保護して造船技術を高め、西洋式帆船も国内初の国産蒸気船も造らせた。ガラスや刀剣、農具、陶磁器などの製造所は毎日一二〇〇人もの人夫を擁する集成館となっていった。製紙や搾油、硫酸、塩、写真など、製造品目は多岐にわたっている。薬品や食品まで研究を重ね、その後の薩摩の産業の礎を築きあげたのだった。財政困難に陥っていた薩摩藩でこうした殖産興業策を講じつつ、一方では藩政改革に力を入れた。下級武士が上司に意見をすることがあり得なかった時代に西郷隆盛や大久保利通など、当時下級武士だった人材も登用した。

「およそ人は一能一芸なきものなし、その長所を採択するは人君の任なり」と語っていた斉彬。「国政の成就は衣食に窮する人なきにあり」「民が富めば君主が富む」の言は国主たる人の一日も忘れてはならぬことである」「国中のものが豊かに暮らすことができれば人は自然とまとまる。人の和はどんな城郭より勝る」など、斉彬が残した言葉は今も古びていない。

掲出歌は、そんな斉彬が詠んだ年の初めの歌だ。「三つの國」は薩摩・大隅・日向《ひゅうが》の三領国。「三国すべての人々が安らかな日々を過ごすことができるようにと年の初めにそれをまずは祈願する」という一首。「民ならで誰《いずれ》か我を養はん養ふ民をやつし使ふな」という歌も詠むなど、領民への思いが随所に感じられるのが斉彬の和歌の特色だ。この藩主あっての薩摩だったのだと思う。

島津斉彬（一八〇九〜一八五八）……江戸時代末期の薩摩藩第十一代藩主。西洋技術を取り入れ、藩の富国強兵・殖産興業に成功するとともに、下士階級出身者を積極的に登用した。

この世をばしばしの夢と聞きたれど
おもへば長き月日なりけり

徳川慶喜《とくがわよしのぶ》

徳川慶喜の屋敷でもあった静岡市の浮月楼の庭園に秋の気配が漂いはじめると、一八六七（慶応三）年十月十三日（旧暦）の京都二条城での出来事を思う。慶喜が上洛中の四十藩の代表者を集めたこの日、「大政奉還」が諮問され、翌日朝廷に提出されたのだった。さらに翌十五日、慶喜も出席した朝議にて、それが成立している。

一八三七（天保八）年水戸藩主徳川斉昭の七男として生まれた慶喜は、水戸で育てられた。男子が逞《たくま》しく育つためには華美な都会でないほうがいいというのが父の信念だった。「徳川家康の再来」とも言われた慶喜は、母方の先祖を辿《たど》れば、天皇にも行き着く人物だ。その聡明《そうめい》さから、第十二代将軍家慶は慶喜を後の将軍候補と考えていた。ところが彦根藩主であった井伊直弼が大老に就任すると紀州藩主の家茂を将軍とする人事をおこない、慶喜は謹慎に処せられている。

その後、桜田門外の変で井伊直弼が亡くなったことで、状況が変わった。慶喜はついに将軍となったのだ。攘夷もしくは開国で国が二分する状況下、慶喜は苦渋の末、大政奉還や江戸城の明け渡し（無血開城）を実現させた。海軍を有した幕府軍は、もし戦えば十分に勝機があったとも言われる。けれども慶喜がこの決断を下したのは、日本分断を狙う外国勢力の存在に気づいていたからだ。幕府が薩長がという以前にまずは日本を存続させる、そのためには日本人同士が争うような愚行はおこしてはならない、と慶喜は考えた。「東照神君（家康）は天下の為に幕府を開き、己は天下の為に幕府を葬る」と語っていた慶喜。「とにかくに国の為とてしのぶ身はゆくもかへるも時をこそまて」「楽しみはおのが心にあるものを月よ花よと何求むらん」といった歌も詠んだ。

油絵も嗜《たしな》んだ慶喜はよく「橋」をモチーフにした。天皇家と幕府、江戸と明治を繫《つな》ぎ、歴史の分岐点に生きた慶喜。どのような思いを込めての「かけ橋」だったのだろうか。掲出歌は辞世歌。満七十六年の人生は徳川将軍の中で最長命だった。

徳川慶喜（一八三七〜一九一三）……江戸幕府第十五代将軍。将軍継嗣問題で家茂に敗れたが、その死後、幕府最後の将軍となる。大政奉還を行い、江戸城を明け渡した。

あさみどり澄《す》み渡りたる大空の
広きをおのが心ともがな

明治天皇《めいじてんのう》

「文化の日」である十一月三日は日本国憲法の公布された日だ。日本国憲法が平和や文化を大事な要素として掲げていることから、一九四八（昭和二十三）年よりこの日が文化の日と定められたのだった。以前、この十一月三日は「明治節」と呼ばれていた。一八五二（嘉永五）年のこの日、明治天皇が生誕されたからだ。幕末から明治へ、という激動の時代を生き抜いた明治天皇。一八九〇（明治二十三）年十月三十日に発布された「教育勅語」は特に名高い。「父母ニ孝ニ」（親には孝養を尽くしましょう）「兄弟ニ友ニ」（兄弟・姉妹、仲良くしましょう）「朋友《ほうゆう》相信シ」（友はお互いに信じ合いましょう）「恭儉《きょうけん》己レヲ持シ」（自らの言動を慎み深く致しましょう）「博愛衆ニ及ホシ」（全ての人々に慈愛の心で接していきましょう）など、十二の徳目が挙げられている。百年の時を経て、今なお古びることがなく、世界的にも評価が高い。

明治天皇は生涯に九万三千首以上の和歌を詠まれた。斎藤茂吉が約一万八千首、多作で知られた与謝野晶子でさえ約五万首と言われている中、明治天皇の御製《ぎょせい》（天皇の自作和歌）がいかに多いのかがうかがえる。

掲出歌は「澄み渡った大空の果てしない広大さをわが心として生きていきたいものだなあ」という一首。他にも「なにごとに思ひ入るとも人はただまことの道をふむべかりけり」などの作品も遺している。人が生きていく上で、「まことの道」を歩むことの大切さ。「真」であり、「誠」の生きかたとはいったいどのようなものなのか。「うみこえてはるばるきつる客人《まれびと》にわが山水のけしきみせばや」「さまざまの虫のこゑにもしられけり生きとし生けるものの思ひは」などの歌も詠んだ明治天皇。心優しい、凛々しい心をお持ちの歌人でもあったのだと思う。日常生活では質素であることを心がけ、いかに寒い日でも火鉢一つの暖房で過ごしていたと言われる。

文化の日にはあらためてその人生や御製に思いを馳せたい。

明治天皇（一八五二〜一九一二）……第一二二代天皇。大政奉還を受け、王政復古の大号令を発する。東京遷都後、大日本帝国憲法や教育勅語の発布などを通して、近代天皇制国家を確立。

爆撃にたふれゆく民の上をおもひ
いくさとめけり身はいかならむとも

昭和《しょうわ》天皇《てんのう》

一九四五（昭和二十）年の終戦時に詠まれた昭和天皇の御製四首の一首だ。当時の侍従次長、木下道雄氏が一九六八（昭和四十三）年に著した『宮中見聞録』の中で紹介した和歌。この歌は四首の連作の一首目だ。

「民の身の上」を思って、たとえわが身がどうなろうとも戦を止《と》めることを決断した昭和天皇の思い。結句の字余りに思いが滲《にじ》む。

他にも、「身はいかになるともいくさとどめけりただたふれゆく民をおもひて」「国がらをただ守らんといばら道すすみゆくともいくさとめけり」「海の外《と》の陸《くが》に小島にのこる民の上やすかれとただいのるなり」という歌も詠まれたのだった。

ポツダム宣言受諾に際し、こうした思いだった昭和天皇。死を覚悟した決意のもと、マッカーサー元帥との会見にも臨んでいる。十年後にマッカーサー元帥が語った話によれば、この時、昭和天皇は「日本の戦争遂行に伴ういかなることも全責任を負います。日本の名においてなされたすべての軍事指揮官、軍人、政治家の行為に対しても、直接に責任を負います」という趣旨のご発言をなされたという。

民のために犠牲になることは厭《いと》わず、常に民を思いながら大きな選択をした昭和天皇。自己保身のために民を犠牲にし、部下に責任を擦《なす》り付けるリーダーとは対極にあった。

あらゆる施政者、リーダーとなる人たちが昭和天皇のような心を持ち合わせていたなら、人民はどれほど幸せか。

昭和天皇は一九六四（昭和三十九）年に、「この度のオリンピックにわれはただことなきをしも祈らむとする」という御製も詠んでいる。九十三の国と地域から五千百五十二名の選手が参加した一九六四年の東京オリンピック。この年の八月に昭和天皇がお詠みになったのだ。東京オリンピックはアジアで初開催だった。戦争による開催返上などの苦難を経て、ついに実現した日本でのオリンピック。この大会で日本人選手は六競技で合計十六個の金メダルを獲得している。マラソンの円谷幸吉選手が銅メダルを獲得したのもこの大会だった。

そんな中、オリンピックを思って昭和天皇が詠まれた歌は、日本人選手の奮闘やメダル数ではなく、ただ「ことなき」を祈り願うものだった。世界各国からすばらしいアスリートや関係者を迎え、開催された大会。平穏無事にとりおこなわれることをまずは祈念されたのだ。「ことなき」を懸命に祈り続けた御魂があったことを、今後もオリンピックの度に思い返したい。

昭和天皇（一九〇一～一九八九）……第一二四代天皇。ポツダム宣言の受諾を決定し、終戦後、神格化を否定する「人間宣言」を発表。日本国憲法成立で、日本国および日本国民統合の象徴となった。

第三章

表現者たちの歌

石《いは》ばしる垂水《たるみ》の上のさ蕨《わらび》の
萌《も》え出《い》づる春になりにけるかも

志貴皇子《しきのみこ》

連翹《れんぎょう》の花が鮮やかな黄色に咲き、沈丁花《じんちょうげ》が馥郁《ふくいく》たる香りを周囲にもたらしてくれる季節。幾種類もの梅や桃の花が大地を彩っている。伸びはじめた土筆は、まるで四月から小学校に通うこどもたちのように空と対話をしている。眩しい純白色に耀きはじめた白木蓮。綿毛に包まれた渦巻き形の若葉が顔をのぞかせているゼンマイ。春先の大地には個性豊かな役者が出揃《そろ》っている。この季節になると必ず思い出すのが、『万葉集』巻八の巻頭を飾る志貴皇子の掲出歌だ。

志貴皇子が亡くなったのは七一六（霊亀二）年なので、没後一三〇〇年を越えた。志貴皇子は天智天皇の皇子だった。けれども壬申《じんしん》の乱で皇統は天武天皇のほうに移っており、皇位継承とは縁遠い生活を送っていた。そのため、政治よりも文化的な道を歩むこととなった。万葉集に数首が入り、自然を表現するすばらしい歌詠みとしての評価が定まっていく。皇位には執着しなかったものの、子の白壁王が光仁《こうにん》天皇となると、後に田原天皇とも称されるようになっていった。

そんな志貴皇子の歌は、時代を超えて多くの人々に愛されてきた。「石ばしる」は岩の上をほとばしり流れる、という意味だ。「垂水」は滝のこと。「岩にほとばしる滝のほとりの蕨が芽をふくらませる春となったことだなあ」というのが歌意だ。源実朝《みなもとのさねとも》はこの歌を踏まえて、「さわらびの萌え出づる春になりぬれば野辺の霞もたなびきにけり」という歌を詠んだ。藤原定家は、「岩そそく清水も春の声たててうちや出でぬる谷のさわらび」と詠んでいる。

芽吹いて間もない蕨の麗しさ。柔らかで清らかな個性には古来、多くの人々が魅了されてきた。人々を和ませる、大地のダンサーのような蕨だ。根からはでんぷんがとれるため、蕨もちも食されてきた。世界中に分布している蕨。この逞《たくま》しさや生命力が、待ちわびた春を歓ぶ人々に尊ばれ、讃《たた》えられたのだ。

野の豊かさ、土の滋養を思いつつ、春の到来を愛《め》でたい。

志貴皇子（?～七一六）……飛鳥時代末期から奈良時代初期にかけての皇族。天智天皇の第七皇子。現在の皇室は、志貴皇子の子孫。

世間《よのなか》を憂しと恥《やさ》しと思へども
飛び立ちかねつ鳥にしあらねば

山上憶良《やまのうえのおくら》

この歌は『万葉集』巻五に載録された山上憶良の名高い「貧窮問答歌」だ。『万葉集』に七十八首が採択されている憶良は大伴家持、柿本人麻呂、山部赤人らと共に奈良時代を代表する歌人として知られる。

有名な「銀《しろがね》も金《くがね》も玉も何せむに勝れる宝子に及《し》かめやも」や、「瓜食《は》めば子ども思ほゆ栗食めばまして偲ばゆ……」など、子どもを詠んだ歌が千年以上にわたってこの国で読み継がれてきた憶良。遣唐使に派遣された官人だったにもかかわらず、重税に苦しむ農民たちや、防人《さきもり》として出ていかざるを得ない夫を待つ妻など、社会的に弱い立場に置かれた人たちを詠んだ歌が多かった。律令体制下の国民の税に対する苦しみ。さらには、里長による過酷なまでの取り立て。苦学を重ね、四十歳を過ぎるまで無位、筑前国守に任命された時には七十歳近かったという憶良は、人々の痛みや苦しみに寄り添った歌をつくる人だった。

掲出歌の「恥《やさ》し」は、「身が痩せるほどに恥ずかしい、耐え難い」といった意味だ。「この世の中を生きていくのはつらく、とても耐え難い。そうは思うものの、鳥ではないために、飛び立って逃げることもできない」という一首。現代のこの国でも「飛び立ちかねつ鳥にしあらねば」という思いで暮らしている人がいるだろう。聳《そび》える桜も素晴らしい。けれども、大地に近い場所に咲くすみれやれんげ、タンポポ、福寿草などの思いにも心を手向け、その魅力を讃え続けたい。

山上憶良（六六〇？～七三三？）……奈良時代初期の貴族。遣唐使として唐に渡り、学問の研鑽を積む。東宮の侍講や筑前守を務める一方で、多くの歌を詠んだ。

花の色はうつりにけりないたづらに
わが身世にふるながめせしまに

小野小町《おののこまち》

『小倉百人一首』にも採られている名歌の誉れ高い小野小町の作品だ。『古今和歌集』にもおさめられている。桜が散る頃になると、この一首を思い出す日本人も多いのではないだろうか。先人は千年以上にわたって、この歌を読み継ぎ、語り継いできた。「経《ふ》る」と「降る」の掛詞《かけことば》。さらには「長雨《ながめ》」と「眺め」の掛詞。自然の情景を語っている文脈と己の心情をあらわしている文脈が、双子の龍のように、この歌の中で互いに影響を与えあって、存在している。「桜の色はすっかり色あせてしまった。春の長雨が降り注いでいた間に。そして、私自身がすっかり物思いにふけってしまっていた間に」という一首だ。

絶世の美女だったと語られる小野小町は、出自も含めて謎の多い人だ。九世紀の歌人というこ

毎日新聞出版　愛読者カード

本書の タイトル「　　　　　　　　　　」

●この本を何でお知りになりましたか。

1. 書店店頭で　　　　2. ネット書店で

3. 広告を見て（新聞／雑誌名　　　　　　）

4. 書評を見て（新聞／雑誌名　　　　　　）

5. 人にすすめられて　　6. テレビ／ラジオで（　　　　）

7. その他（　　　　　　）

●どこでご購入されましたか。

●ご感想・ご意見など。

上記のご感想・ご意見を宣伝に使わせてくださいますか？

1. 可　　　2. 不可　　　3. 匿名なら可

職業	性別 男　　女	年齢 歳	ご協力、ありがとうございました

郵便はがき

料金受取人払郵便

麹町局
承認

197

差出有効期間
2020年12月
31日まで

切手はいりません

102-8790

209

（受取人）
東京都千代田区
九段南 1-6-17

毎日新聞出版

営業本部　営業部行

ふりがな	
お名前	
郵便番号	
ご住所	
電話番号	（　　　　）
メールアドレス	

ご購入いただきありがとうございます。

必要事項をご記入のうえ、ご投函ください。皆様からお預かりした個人情報は、小社の今後の出版活動の参考にさせていただきます。それ以外の目的で利用することはありません。

と以外は未知数な部分も多い。生誕地だけでも秋田から京都、福井、福島、神奈川、熊本まで諸説ある。後の世に、名前が「米」（あきたこまち）や「新幹線」（こまち）、「トンネル」（福島県こまちトンネル）の名称にもなっている女性は、歴史全体を見渡しても珍しい。

小町は掲出歌以外にも恋の歌を多く詠んだ。たとえば、「思ひつつ寝《ぬ》ればや人の見えつらむ夢としりせば覚めざらましを」（恋しく思って寝入ったからでしょうか、あの人が夢に現れてくれたのは。けれども、夢だとわかっていたのなら決して覚めたくはなかったです）。

人を恋する気持ちは、千年の年月を経ても変わることがない。誰かが誰かを愛した時、そこに生まれる世界にたった一つの物語。心は音色を持つ楽器だ。ある人を思っては静かに奏でられ、せつなさを感じては旋律《しらべ》が生まれていく。桜は知っている、花を見上げた、幾千もの人たちの心を。花を見上げた、幾千もの人たちの笑顔と涙を。花が移ろうように見えて、実は花を見上げている私たちこそが実は移ろっているのだった。

小野小町（九世紀ごろ？）……平安時代前期の歌人。六歌仙・三十六歌仙の一人。絶世の美女として名高いが、その詳しい一生は謎に包まれている。

我ながらわが心をも知らずして
また逢《あ》ひ見じとちかひけるかな

清少納言《せいしょうなごん》

「春はあけぼの。やうやう白くなりゆく山際《やまぎは》、すこしあかりて、紫だちたる雲のほそくたなびきたる」――よく知られたこの冒頭文で始まる『枕草子』。「春は曙《あけぼの》がよい。次第に白んでいくと山頂あたりの空が少し明るくなって、紫がかった雲がたなびいているのがすばらしい」という意味で解釈されている。『枕草子』は、鴨長明『方丈記』、吉田兼好『徒然草』とともに日本三大随筆に数えられている。日本最古の随筆文学として知られるこの書の作者が清少納言だ。

清少納言は和泉式部、紫式部らとともに中古三十六歌仙（藤原範兼撰）にも採り上げられた。『小倉百人一首』におさめられた、「夜をこめて鳥のそら音《ね》ははかるともよに逢坂《あふさか》の関はゆるさじ」（まだ夜が深いうちに鳥の鳴き声を真似《まね》て騙《だま》そうと思っても、函谷関《かんこくかん》ならばともかく、逢坂の関は決して通ることを許さないでしょう）という歌はよく知られている。中国の故事を踏まえながら、相手の男性との当意即妙なやりとりをしている歌。『古今和歌集』を代表する歌人である清原深養父《きよはらのふかやぶ》を曽祖父にもち、藤原公任《ふじわらのきんとう》が選出した三十六歌仙に柿本人麻呂、山部赤人、大伴家持らとともに名を連ねている清原元輔《きよはらのもとすけ》を父にもつと聞けば、古典の素養が豊かなのも頷《うなず》ける。

掲出歌は、「自分のことでありながら、自身の心すらわからずにいて、もう二度と会うまいと誓ってしまった」という一首。もう二度と会わないと決めたはずなのに、また会いたくなってしまった女心を詠んでいる。他にも、「これを見よ上《うへ》はつれなき夏草も下はかくこそ思ひみだるれ」という和歌も残した。「見てください。上は何ともない夏草でも下葉は色が変わるほどに思い乱れているのです」という一首だ。

清少納言を『枕草子』の作者としてしか知らないのはもったいない。千年にわたって発酵されてきた言葉の味わいをぜひ堪能してほしい。

清少納言（九六六?～一〇二五?）……平安時代中期の作家。一条天皇の時代に、中宮定子に仕え、博学と機知をもって恩寵を受けた。随筆『枕草子』を書き記す。

見渡せば花も紅葉もなかりけり
浦の苫屋《とまや》の秋の夕暮

藤原定家《ふじわらのていか》

「あしびきの山鳥の尾のしだり尾のながながし夜をひとりかも寝む」（柿本人麻呂）、「月みればちぢにものこそ悲しけれ我が身一つの秋にはあらねど」（大江千里《おおえのちさと》）などと共に、千数百年の短歌史でも最も有名な秋の歌が掲出歌だ。西行の「心なき身にもあはれは知られけり鴫《しぎ》立つ沢の秋の夕暮」、寂蓮《じゃくれん》の「寂しさはその色としもなかりけり槇《まき》立つ山の秋の夕暮」と共に、「三夕《さんせき》の歌」として知られている。

それまでは桜や紅葉など、そこにあるものの見事さを感嘆しながら表現することの多かった和歌の世界。けれども定家は、「浦の苫屋」（海岸の粗末な小屋）という、これまであまり主役になることのなかった題材にスポットを当て、秋のせつなさや侘《わび》しさ、寂しさを表現した。秋の歌といえば紅葉が全盛だった時代に独特の感性、美意識を提示して、新たな世界観を打ち立てたのだ。『新古今和歌集』『小倉百人一首』の撰者としても知られる定家の表現や感性を讃《たた》えたのは、歌人のみならず、世阿弥や松尾芭蕉、本居宣長といった人たちだった。

平安時代末期から鎌倉時代初期という、武士が台頭してきた時代に生きた定家。本来なら大地の稔《みの》りの麗しさも天高き秋空の魅力も存分に語り得たであろう定家が、侘しさや寂しさに着目せざるを得なかった時代背景を思う。現代ではどんなものを詠めば時代のせつなさ、寂しさを表現し得るのだろう。現在も世界に実在している一万六千発以上の核弾頭。地雷をつくる町工場で働く少年の指先の細さなど、世界各地にはさまざまな侘しさの泉がある。世界に目を向ければ、今もあの頃の定家のように、戦火の下《もと》で侘しさを詠まざるを得ない詩人たちがいる。芭蕉が詠んだ「夏草や兵どもが夢の跡」のように、静かに大地を眺めている歌人《うたびと》もいる。戦火だらけのこの星で、人種も超えて、叡智《えいち》も真心も集結させる必要があるのではないか。いつか、「見渡せば自然も人もなかりけり」となってしまうことがないように。

藤原定家（一一六二〜一二四一）……平安時代末期から鎌倉時代初期の歌人。歌壇の指導的立場に立ち、『新古今和歌集』『新勅撰和歌集』を撰じた。『小倉百人一首』の撰者でもある。

聞きもせず束稲山《たばしねやま》の桜花《さくらばな》
吉野《よしの》のほかにかかるべしとは

西行《さいぎょう》

束稲山は岩手県にある標高五九六メートルの山だ。稲の束が撓《たわ》んでいるように見える山容から、その名がある。『吾妻鏡』によれば、平安時代の武将安倍頼時がこの地に多くの桜を植えたという。「いまだに聞いたことがなかった、あの有名な吉野山の桜のほかにこんなにも見事な束稲山の桜があったなんて」という歌。後鳥羽院に「生得の歌人」と讃《たた》えられた西行は、その人生が能にも落語にも長唄にもなった。能の作者は世阿弥。松尾芭蕉も『笈《おい》の小文《こぶみ》』の中で「西行の和歌における、宗祇の連歌における、雪舟の絵における、利休が茶における、その貫道するものは一《いつ》なり」という言葉を残している。近現代でも上田秋成や幸田露伴、白洲正子、瀬戸内寂聴、三田誠広らが西行にちなんだ小説を発表している。

「風になびく富士の煙の空に消えてゆくへも知らぬわが思ひかな」などの歌でも知られた彼は、才気に恵まれ、花を愛《め》で、月を愛し、自然とともにあり続けた。名誉や権力にしがみつくような生き方が本来、人のあるべき姿なのか――西行は生涯をかけてこの問いと対峙《たいじ》した。武士の時代が到来していた中、人間同士が争い、殺しあう姿に違和感を覚えた。天空を彩る孤高の月の麗《うるわ》しさ。大地を潤す草花の優しさとぬくもり。人間以外の師や友をもつことの穣《ゆたか》さを知るのが西行だった。彼にとって生きることとは、生きとし生けるものと歌会をすることだった。

そんな西行は焼けた東大寺の再建支援のために陸奥を訪れている。そこで出会った、植えられた場所で天地《あめつち》の恵みを受け、天寿を全うするように輝く桜。桜のように麗しく、潔く生きるにはどうしたらいいのか――西行は繰り返し、己に問いかけ、生涯でたくさんの桜の歌を詠み続けた。享年七十三。「願はくは花の下《もと》にて春死なむそのきさらぎの望月のころ」という桜の歌もある。

高杉晋作は「西へ行く人を慕いて東行くわが心をば神や知るらむ」と詠み、西行に敬意をあらわして自らを「東行」と名乗っていた。

西行（一一一八～一一九〇）……平安時代末期から鎌倉時代初期の武士・僧侶。鳥羽院の北面の武士として仕えたものの、二十三歳で出家。諸国を漂泊しながら、多くの和歌を残した。

枕とていづれの草に契《ちぎ》るらむ
行くをかぎりの野辺《のべ》の夕暮

鴨長明《かものちょうめい》

「ゆく河の流れは絶えずして、しかももとの水にあらず。淀《よど》みに浮《うか》ぶうたかたはかつ消えかつ結びて、久しくとどまりたる例《ためし》なし」――言わずと知れた名高き冒頭文で始まる『方丈記』は、鴨長明の代表作だ。流麗な和漢混交文で書かれ、一二一二（建暦二）年に成立した。『枕草子』『徒然草』と共に、日本三大随筆に数えられている。

一一五五（久寿二）年頃に下鴨神社の神官の家に生まれた長明は、十代で父と死別。この頃から本格的に歌作に取り組んだ。長明の文体に調べや旋律を感じるのは、定型詩に慣れ親しんだ歌人だからというだけではなく、琵琶奏者としての音感や音楽性があるからなのだろう。

平安時代が終わり、武士が台頭する鎌倉時代初期に生きた長明。安元《あんげん》の大火に治承《じしょう》の辻風《つじかぜ》、養和の飢饉《ききん》、元暦《げんりゃく》の大地震といった、いくつもの自然災害を体験した長明は、無常を意識するようになっていった。一二〇〇（正治二）年に後鳥羽院に召されて正治後度百首《しょうじごどひゃくしゅ》に出詠した長明は、院の恩顧を受け、和歌所《わかどころ》の寄人《よりゅうど》となった。『新古今和歌集』に十首が採択された他、勅撰和歌集には二十五首が採られ、新三十六歌仙の一人にも選出されている。けれども乱世の中、鎌倉へ向かい、将軍源実朝の和歌の指南役をめざすも、受け入れられずに断られてしまうという苦い体験もしている。『方丈記』が成立したのは、その翌年のことだった。

掲出歌はそんな長明の一首だ。「枕として、どこの草と縁を結んで眠ればいいのだろうか。あてもなく、行くことのできるかぎりは進んでいこうという旅の途次で、野辺にいるのに夕暮れを迎えてしまって」という歌意だ。苦難に襲われ、涙を流しながら、体験から得たものを糧として、和歌や随筆を生み出していった。終わりゆく夏の虫の音《ね》は、秋の澄んだ空の高さは、長明の心にどう響いていたのだろう。長明が書き残したものは、松尾芭蕉にも影響を与えたと語り継がれる。

鴨長明（一一五五？～一二一六）……鎌倉時代前期の随筆家・歌人。下鴨神社の禰宜の家に生まれたが、神職の道は閉ざされ、失意のうちに出家。日野に方丈の庵を結び、閑居生活を送った。

鬼といふおそろしきものはどこにある
邪険《じゃけん》の人の胸に住むなり

一休宗純《いっきゅうそうじゅん》

室町時代、幕府は仏教の特定の宗派を庇護《ひご》するようになっていた。すると、その宗派は政治的にも影響を持つようになった。僧はお金さえ払えば、高い地位に就くことも可能だったと言われている。そんな時代に生きたのが、テレビアニメ「一休さん」でも知られた一休宗純だ。師が認め、印可《いんか》状を与えようとしても彼は頑《かたく》なに拒んだ。権威や地位には全く興味がなかったのだ。

一三九四（明徳五）年に京都で生まれた宗純。寺内の派閥争いで投獄者や自殺者まで出るのを見て、権力争いで堕落した僧の世界に失望し、断食死を試みたこともある。切ることのできない木刀を入れた鞘《さや》を腰に差していたこともある。これは豪奢《ごうしゃ》な生活をしていて、中身が伴わない僧や武士たちへの揶揄《やゆ》でもあった。

タブーも厭《いと》わない言動が僧侶たちから疎んじられ、侮蔑されても、市井の人々には慕われた。様々な階層の人たちと直《じか》に触れ合い、各地を行脚した日々。「わけのぼるふもとの道はおほけれど同じ高根の月をこそみれ」とも詠んだ。人間らしさを讃《たた》え、尊びながら、人のあるべき姿を模索し続けた八十八年の生涯だった。

一休宗純（一三九四〜一四八一）……室町時代中期の臨済宗大徳寺派の僧侶。京都に生まれ、後小松天皇の落胤と言われる。狂歌・書画にすぐれ、説話のモデルとしても有名。

やはらかに柳《やなぎ》あをめる北上《きたがみ》の
岸辺目に見ゆ泣けとごとくに

石川《いしかわ》啄木《たくぼく》

岩手県の弓弭《ゆはず》の泉に源を発し、盛岡市や花巻市などを通って宮城県に流れていく北上川は、流域面積一万一五〇平方キロメートルを誇る東北最大の川だ。啄木の他に宮沢賢治も斎藤茂吉も歌を詠んでいる。「母なる川」として、その名は『吾妻鏡』にも見ることができる。

「ふるさとの山に向ひて言ふことなしふるさとの山はありがたきかな」と詠んだ啄木は、東日本大震災から数年経った今、故郷の人々にどんな言葉をかけたいだろう。『新古今和歌集』で「君が代にあふくま川のうもれ木も氷の下に春を待ちけり」と詠んだ藤原家隆はどうだろう。「つばくらめちちと飛びかひ阿武隈の岸の桃の花今さかりなり」と詠んだ若山牧水はどうか。「氷の下に春を待」ち、「桃の花」の咲く季節の到来を待ち望んでいる人々が今、最も望むものは安心して暮らすことのできる住環境の整備なのだと思う。

震災後、ある農家が、土が一ミリできるには十年の歳月が必要だと教えてくれた。土の一センチには百年、十センチには千年の歳月が必要だそうだ。軽々しく二十センチの除染と言うな、と語っていたことを思い出す。

被災地に立つと、あらためて啄木の歌が沁《し》みる。仕事がうまくいかなくても、病気でも、家族を育むために一生懸命働き、空を見上げ、山を仰ぎ続けた啄木。彼もかつて子どもを亡くしていた。どんなにつらくても悲しくても、生きる。どこかで自分を見てくれているであろう子どもに手を振るように、歯を食いしばって生き抜いていく。自然に抱かれ、魂を鼓舞させながら、啄木はそう決心していた。真の強さは己の弱さから目を背けないこと。最も駄目な自分とも対峙《たいじ》すること――啄木は歌を詠み続けた。父としての痛みや涙も滲《にじ》んだ歌だからこそ、没後百年経っても読者に届くのかもしれない。大震災を体験した東北から、きっと第二の啄木も第二の賢治も出てくるのではないか。雪と寒さの向こう側で着実に春は近づいている。

石川啄木（一八八六～一九一二）……明治時代の詩人・歌人。岩手に生まれる。『明星』に詩を発表し、与謝野鉄幹に師事。多くの詩・短歌・評論を残すが、二十六歳の時に肺結核で病死。

シベリアの汽車に乗りたるこゝちにて晴れたる朝の教室に疾《や》む

宮沢賢治《みやざわけんじ》

「夏の霜」という言葉がある。冴《さ》え冴《ざ》えとした月光が地面を照らし、白く澄んだように見える現象をいう。「星月夜」という言葉もある。月が出ていなくても星の輝きだけで十分に明るい夜を語る言葉だ。夏の夜空を仰ぎ、こうした言葉を思っていると、ふと宮沢賢治を思い出す。「銀河鉄道の夜」などの代表作が連想されるからだろうか。

八月二十七日は賢治が生まれた日だ。一八九六（明治二十九）年に現在の岩手県花巻市に生まれた賢治。その直前、同年六月に三陸地方で大きな地震と津波があった。地域の至る所にまだ震災の爪痕が残る中での出生だった。

質屋を営む家に生まれた賢治は、農民が凶作で苦しむたびに家財道具を売りにくる姿を目の当たりにしていた。「雨ニモマケズ」の詩に、「東ニ病気ノコドモアレバ行ッテ看病シテヤリ、西ニツカレタ母アレバ行ッテソノ稲ノ束ヲ負ヒ」といった言葉が出てくるのは、こうした現実を体感しているからだった。仏教徒だった父の影響もあって、賢治も自《おの》ずと仏教に親しんでいく。

盛岡中学校時代に短歌をつくりはじめた。賢治には、掲出歌のように教室も未来への車両に思えていたのかもしれない。「銀河鉄道の夜」のカムパネルラのモデルだと言われる一年後輩の保阪嘉内との思い出。農学校の教師として過ごした日々。理解者だった妹トシの死を経て、賢治は自ら農民となる決意をしていく。無料の肥料相談所を設け、稲作指導を献身的におこなった。「世界全体が幸福にならないかぎりは、個人の幸福はあり得ない」「宇宙は絶えずわれらによって変化する」と語り、詩や童話の創作にも励んだ賢治。生涯に詠んだ歌は約一千首にものぼる。

宮沢賢治（一八九六〜一九三三）……明治時代から昭和時代初期にかけての詩人・童話作家。農学校教師として働くかたわら、法華経に傾倒し、信仰と農民生活を基盤として創作活動をおこなった。

真砂《まさご》なす数なき星の其《そ》の中に
吾《われ》に向《むか》ひて光る星あり

正岡《まさおか》子規《しき》

星空が美しい季節になってきた。おおいぬ座のシリウス、こいぬ座のプロキオン、オリオン座のベテルギウス、日本では「すばる」の呼び名で知られたプレアデス星団。リゲル、黄色いカペラ、オレンジ色のポルックスなど、個性豊かな星々を仰ぐことができる。

正岡子規の星の歌を紹介してみたい。「柿食へば鐘が鳴るなり法隆寺」などの俳句、「くれなゐの二尺伸びたる薔薇《ばら》の芽の針やはらかに春雨のふる」といった短歌でも知られている正岡子規は、一八六七（慶応三）年に現在の松山市で生まれた。東京大学予備門（現在の東京大学教養学部）で夏目漱石らと出逢《であ》い、日本の近代文学に大きな役割を果たしたことは言うまでもない。三十四歳で亡くなったものの、『歌よみに与ふる書』などの著書や多くの作品は今も読み継がれている。

掲出歌はそんな子規が、七首の連作で星を詠んだ際の一首だ。「真砂なす数なき星」とは、「まるで砂を撒《ま》いたように無数に光る夜空の星々」という意味だ。その中に自らと親和性がある星を感じ、「吾に向ひて光る星」だと詠んだ感受性。連作中には「たらちねの母がなりたる母星の子を思ふ光吾を照《てら》せり」という歌もある。幼くして父を亡くした子規にとって、母の存在は大きいものだった。「母が天上の星となってこどもを温かく見守るように、星のぬくもりある光が私を照らしてくれている」という一首。難病を患う自らの状況を、いつも見守る母親の存在を思いながらの歌だった。

星々は遠い場所にありつつも、古来、人々の想像力をかきたてている。洋の東西を問わず、人々は星に物語を見いだし、神話も紡いできた。星々が訓《おし》えてくれるもの、語りかけてくれる言葉、奏でてくれている旋律《ハーモニー》に敏感でありたいと思う。

正岡子規（一八六七〜一九〇二）……明治時代の俳人・歌人。愛媛に生まれる。短歌や評論、随筆など多方面にわたって活躍。俳誌『ホトトギス』を創刊し、俳句革新に貢献。晩年結核を患い、死去。

情《こころ》あらば月も雲井に老《お》いぬべし
かはり行く世をてらしつくして

夏目漱石《なつめそうせき》

一八六七（慶応三）年二月九日に東京で生まれた夏目漱石は一九一六（大正五）年十二月九日に亡くなるまでに、『坊っちゃん』『吾輩は猫である』『草枕』などの作品を発表した。没後百年を経ても、今なお多くの作品が国内外で読み継がれている。欧米には、「漱石はシェークスピアと比肩しうる世界的な文豪」（イギリス、ダミアン・フラナガン）、「漱石は魯迅《ろじん》、カフカ、ジョイスと並ぶ二十世紀文学の開拓者」（アメリカ、マイケル・K・ボーダッシュ）だと評価する声もある。

そんな漱石は、生涯に約二六〇〇句の俳句と八首ほどの短歌を詠んだ。漱石が定型詩に親しむきっかけになったのが大学時代に出会った正岡子規だった。子規の郷里の愛媛県東温市では漱石と子規が松山で共に過ごした五十二日間を描いたミュージカルも上演された。子規の他、高浜虚子、河東碧梧桐《かわひがしへきごとう》、中村草田男らを生み出した愛媛県での日々は漱石にとっても、大事な時間だったことだろう。

掲出歌の「雲井」は、『万葉集』にも用いられ、「雲のたなびいている大空」や「遥《はる》かに遠く高いところ」を意味する言葉だ。「蓬生《よもぎふ》の葉末に宿る月影はむかしゆかしきかたみなりけり」などの歌も詠む漱石は、月を擬人化し、その「老い」も連想したのだった。漢詩を詠み、『方丈記』の英訳もしているだけあって、漱石は五七調の調べを体得している。漱石と子規は天国でも歌や句を詠み合っているのではないか。

「真面目に考えよ。誠実に語れ。摯実《しじつ》に行え。汝《なんじ》の現今に播《ま》く種はやがて汝の収むべき未来となって現わるべし」――漱石の残した言葉とあらためて向き合う今。子規の郷里に建設された「坊っちゃん劇場」付近では菜の花が黄色く麗しく大地を染めあげ、新たな春を謳歌《おうか》している。

夏目漱石（一八六七～一九一六）明治時代の小説家・評論家・英文学者。イギリス留学後、朝日新聞社に入社し、数々の小説を発表した。

猿の来し官舎の裏の大杉は折れて迹《あと》なし常なき世なり

森《もり》鷗《おう》外《がい》

『万葉集』では大伴旅人《おおとものたびと》が詠んでいる猿。古来、「ましら」と呼ばれ、和歌では、『古今和歌集』に収められた凡河内躬恒《おおしこうちのみつね》の「わびしらにましらな鳴きそあしひきの山のかひある今日にやはあらぬ」などが知られている。斎藤茂吉には「猿の子の目のくりくりを面白み日の入りがたをわがかへるなり」が、正岡子規には「世の人は四国猿とぞ笑ふなる四国の猿の子猿ぞわれは」がある。

さまざまな歌人が猿を詠んでいるが、明治の文豪森鷗外もその一人だ。一八六二(文久二)年に代々津和野藩の御典医を務める森家の長男として生まれ、十歳で父とともに上京。ドイツ語を学び、十二歳の時には実年齢より二歳多く偽って、現在の東京大学医学部予科に入学した。

卒業後、軍医となってからは四年間のドイツ留学に赴く。帰国後軍医としての仕事をしながら、

『舞姫』『高瀬舟』などを執筆。オスカー・ワイルドの『サロメ』やアンデルセンの『即興詩人』、ゲーテの『ファウスト』などを翻訳した。

一九〇七（明治四十）年には陸軍軍医総監に就任。この年、与謝野鉄幹系「新詩社派」と正岡子規系「根岸派」の歌壇内対立を見かねて、伊藤左千夫や佐佐木信綱、北原白秋、石川琢木、斎藤茂吉、与謝野晶子らを自宅に招いて「観潮楼歌会」を開催している。

晩年は帝室博物館（現在の東京国立博物館）総長や帝國美術院（現在の日本藝術院）初代院長も歴任してきた鷗外。掲出歌は、亡くなった一九二二（大正十一）年発刊の『明星』に掲載された「奈良五十首」の一首だ。帝室博物館総長として、正倉院を開くために何度も奈良を訪問していた際の歌。死ぬ三日前の遺言によって、いっさいの栄誉や称号を排し、「森林太郎墓」とのみ記されることになった墓。「常なき世」を思わせた官舎の裏の大杉の猿は、鷗外の心に何を語りかけたのだろう。満六〇歳。親族や親友に見守られながらの往生だった。

森鷗外（一八六二〜一九二二）……明治時代の小説家・評論家・翻訳家・軍医。東京大学医学部卒業後、陸軍軍医となり、ドイツに留学。帰国後、軍医として働くかたわら、文筆活動を開始。

すみよしのつつみのまつよこころあらば
うきよのちりをよそにへだてよ

谷崎潤一郎《たにざきじゅんいちろう》

一八八六（明治十九）年に現在の東京・日本橋で生まれた谷崎潤一郎。一九六五（昭和四十）年に亡くなるまでに、『細雪《ささめゆき》』『卍《まんじ》』『陰翳礼讃《いんえいらいさん》』など、多くの作品を残した。学生時代、永井荷風に激賞されるなど、早くから頭角を現していた彼にも苦労があった。父の家業がうまくいかず、進学を断念するところまで追いつめられた。そんな時、教師が潤一郎を助けてくれた。住み込みで家庭教師の仕事をしながら、府立一中（現在の東京都立日比谷高校）で学ぶ機会を与えてくれたのだ。校長から上の学年への編入を勧められ、そこでも学年トップの成績を修めたこともあった。

小説では、漢詩を用いたかと思えば、別の作品で方言も活用し、多彩な表現を試みた。歴史小説や戯曲にも挑戦している。そんな潤一郎にとって大きな転機となったのは一九二三（大正十二）

年に関東大震災を体験したことだった。以後、関西に移住しながら作品を発表し続けた。戦時中、作品が軍部によって発禁処分にあったこともある。それでも潤一郎は秘《ひそ》かに書き続けた。

掲出歌は、「住吉の堤に生えている松の木よ、もしも心があるならば世の塵《ちり》に喩《たと》えたくなるものをどうかこちらの世界に入れないでおくれ」という一首だ。すべてひらがなで綴《つづ》った歌。戦後の焼け野原の中、平安朝の美しい光景を描いた作品を著《あらわ》し、変わりゆく世でも変わらない日本本来の麗しさを描き出そうとした。「おほいなる時に生まれて菖蒲太刀ただに佩《は》かんや日本男児は」と詠んだ潤一郎は、『細雪』で主人公に「けふもまた衣えらびに日は暮れぬ嫁ぎゆく身のそぞろ悲しき」という歌も詠ませた。

明治から昭和へという激動期に生きた潤一郎。「物と物の間にできる影にこそ美がある」と語っていた彼にとって、歌を詠むということはこの国古来の貴いものと対話をする作業だった。互いに敬愛していた棟方志功の版画と彼の短歌とを組み合わせた『歌々板画巻《うたうたはんがかん》』は、潤一郎の没後五十年を経た今でも版を重ねている。

谷崎潤一郎（一八八六～一九六五）……明治時代から昭和時代の小説家。初期は耽美的な作風の短編で知られるが、関西に居を移してからは、日本の土着的な美に傾倒し、長編作品を多く執筆。

片恋《かたこい》のわが世さみしくヒヤシンス
うすむらさきににほひそめけり

芥川《あくたがわ》龍之介《りゅうのすけ》

『羅生門』『蜘蛛の糸』『杜子春』『河童』などの作品で知られた芥川龍之介。

一八九二（明治二十五）年に東京で生まれた。一九二七（昭和二）年に三十五歳で亡くなるまでに小説の他、短歌や俳句も残している。短歌を多く詠んだのは二十代前半だった。

第一高等学校時代の同期入学には、後に歌人として大成し、百歳の天寿を全うする土屋文明もいた。生前は斎藤茂吉とも親交があった。「病室のまどにかひたる紅き鳥しきりになきて君おもはする」「恋すればうら若ければかばかりに薔薇《さうび》の香にもなみだするらむ」「かなしみは君がしめたる其宵の印度更紗《いんどさらさ》の帯よりや来し」「なやましく春は暮れゆく踊り子の金紗の裾に春は暮れゆく」「二日月君が小指の爪よりもほのかにさすはあはれなるかな」「幾山河さすらふよりもかなしきは都大路をひとり行くこと」——どれも繊細で丁寧な表現がなされている。北原白秋や若山牧水の影響を指摘することもできるだろうが、それ以上に韻律を体得していることを称《たた》えたい。小説家としてのみならず、歌人としての顔も持つ龍之介は、旋頭歌《せどうか》にもチャレンジをしている。

掲出歌は腰句となる第三句に「ヒヤシンス」という具体的なものを出し、下句では「うすむらさきににほひそめけり」とすべてひらがなで柔らかく描写している。単に「むらさき」が「にほふ」のではなく、「うすむらさき」に「にほひそめけり」なのだ。繊細で細部にこだわった表現に若き日の龍之介の感受性の豊かさを思わずにはいられない。生来の、言葉の職人なのだと思う。

「ヒヤシンス」の名は、ギリシャ神話の美青年ヒュアキントスに由来する。同性のアポロンとの愛に嫉妬した別の神によって命を落としてしまったヒュアキントス。ヒヤシンスはこの時に流した血から生まれた花だと言われる。花言葉は、「悲しみを超えた愛」だ。そんな「ヒヤシンス」を詠んだ青年期の龍之介のこころ。もっと長生きして、もっと多くの歌を詠んでほしかった。時には芥川賞に詩歌集も選出されたら、龍之介は喜ぶのかもしれない。

芥川龍之介（一八九二〜一九二七）……明治時代から大正時代にかけての小説家。『鼻』で夏目漱石に認められ、文壇に登場。特に古典に題材を取った短編小説にすぐれた。

季節にはすこしおくれてりんご籠《かご》
持ちきたる友の笑顔よろしき

太宰《だざい》治《おさむ》

『走れメロス』『人間失格』『津軽』などさまざまな作品で知られる太宰治は、一九〇九（明治四十二）年、青森屈指の大地主、金木村の津島家に生まれた。中学入学後、芥川龍之介・志賀直哉らの小説を読み、自らも作家を志していく。高校入学後、芥川の自殺に衝撃を受けた。以後、花柳界に出入りし、芸妓《げいぎ》と交際するようになった。芸妓との結婚を認めない実家から、分家除籍を言い渡されたこともある。自殺未遂を繰り返し、女性のみが亡くなり、自分は生き残ったこともあった。大学の落第、新聞社の入社試験に失敗するなど、挫折も味わう中、体調を崩し、入退院を繰り返した。そんな中で太宰は書き続けた。死を意識し、遺書としての小説を書いた時期もある。第一回の芥川賞の候補となったものの、落選したことはよく知られている。

けれども、一念奮起し、井伏鱒二を頼って山梨に籠もり、富士山と対峙《たいじ》しながら、自身と向き合う日々を過ごした。井伏の紹介した地質学者の四女と見合い結婚をし、甲府に居を構えている。「富士には月見草がよく似合ふ」の一文も知られた『富嶽百景』の他、裏切り者とされるユダの葛藤を描いた『駈込《かけこ》み訴《うった》へ』などを書き、戦後、没落貴族を描いた『斜陽』がベストセラーになった。日記を提供した歌人との間に子供が生まれ、太宰は認知をした。この娘（太田治子）と、同じ年に生まれた次女（津島佑子）はどちらも後に作家となった。二人が生まれた翌年、『人間失格』を執筆するため熱海の起雲閣に向かい、完成した翌月、太宰は心中で生涯を閉じたのだった。

掲出歌はそんな太宰の一首だ。文学で最も大事なものは「心づくし」だと語り、サービス精神旺盛な語り手でもあった太宰。友を詠むまなざしはあたたかい。没後、親交のあった人たちが親族を招いて太宰を偲《しの》ぶ「桜桃忌」がおこなわれるようになり、佐藤春夫も井伏鱒二も檀一雄も亀井勝一郎も幾度となく参加した。

波乱に満ちた人生。けれども友に恵まれ、愛された一生でもあったのだった。

太宰治（一九〇九～一九四八）……昭和時代に活躍した小説家。退廃的な作風で知られる一方、ユーモアを利かせた作品も多く発表した。

この家に智恵子の息吹みちてのこり
ひとりめつぶる吾《あ》をいねしめず

高村光太郎《たかむらこうたろう》

詩人としても彫刻家としても名を残す高村光太郎は、一八八三（明治十六）年に東京で生まれた。父は彫刻家の高村光雲。光太郎は十四歳の時に東京美術学校に入学している。在学中に短歌と出会い、与謝野鉄幹の新詩社の同人となった。篁砕雨《たかむらさいう》の名で『明星』に寄稿した。美術学校卒業後は、一九〇六（明治三十九）年、二十三歳で渡米。二十四歳でロンドンに向かい、二十五歳でパリにも滞在した。各国の詩人たちから影響を受けた光太郎はイタリアを巡って、二十六歳の時に帰国。その後、詩作に励む一方、一九一二（大正元）年、岸田劉生らとともに新しい美術創造をめざした「フュウザン会」も結成した。「僕の前に道はない　僕の後ろに道は出来る」で始まる「道程」などの詩を収めた詩集『道程』を刊行したのは一九一四（大正三）年だ。この年、光太郎は画家の長沼智恵子と結婚。以後、彫刻や詩の創作活動に力を入れる日々が続いた。智恵子という存在が、「破れかぶれの廃頽《はいたい》気分から遂に引上げ救ひ出してくれた」と光太郎は記している。

一九二九（昭和四）年、智恵子の実家が破産。この頃から、智恵子の健康状態が悪化し、次第に統合失調症の症状があらわれた。光太郎は、「気ちがひといふおどろしき言葉もて人は智恵子をよばむとすなり」という歌も残している。精神を病んだ妻のため、光太郎は千葉の九十九里海岸で転地療養させた。「いちめんに松の花粉は浜をとび智恵子尾長のともがらとなる」という歌はこの時に詠まれたものだ。鳥と友達となって、戯れる妻を光太郎は見守った。やがて、一九三八（昭和十三）年、智恵子が亡くなった。そして生まれたのが一九四一（昭和十六）年に刊行された『智恵子抄』だった。掲出歌はこの詩集に収められたものだ。精神を病んだ妻を、「風にのる智恵子」「千鳥と遊ぶ智恵子」と表現し、慈しんだ光太郎。掲出歌の「吾をいねしめず」は、「私を眠らせない」という意味だ。眼を閉じても浮かんでくる亡き妻を思う作者。『智恵子抄』は日本文学史に煌《きら》めく挽歌《ばんか》の詩集として、今後も長く読み継がれていくことだろう。

高村光太郎（一八八三〜一九五六）……明治時代から昭和時代の詩人・彫刻家。彫刻を学ぶ一方、『明星』に寄稿するなど文学的な関心を育む。欧米留学から帰国後、彫刻制作と文筆活動に励む。

枇杷《びわ》の葉の葉縁《はべり》に結ぶ雨の玉の一つ一つ揺れて一つ一つ光る

北《きた》原《はら》白秋《はくしゅう》

春から夏にかけては、吹き抜ける風が人を詩人にする。芽吹きはじめた木々の萌黄《もえぎ》色。花を支える茎の鶸《ひわ》色。朝に啼く鶯《うぐいす》の声は、柳葉《やなぎば》色に喩《たと》えたくなる。若苗《わかなえ》色、松葉《まつば》色、青竹《あおたけ》色、千歳緑《ちとせみどり》、山鳩《やまばと》色、さらには裏葉色まで、古来、緑だけでも数十種類もの色を語り分けてきたこの国の先人たち。その感性を受け継ぎ、次の世代に丹念に語り継いでいきたいと希《ねが》う。そんな気持ちになるのは、八十八夜の新茶の時期だからだろうか。

「ゆりかごのうた」「ペチカ」「この道」「からたちの花」などの童謡の作詩でも知られる北原白秋は、そんな茶処の風の穣かさを知る男だった。『ちゃっきり節』の作詞者――それが白秋だ。

「唄はちゃっきり節　男は次郎長　花はたちばな　夏はたちばな　茶のかをり」と続く『ちゃっ

きり節』は、実は三十番までである。三十番までの中には富士はもちろん、三保の松から久能の苺まで、さまざまなものが盛り込まれ、地域の自然が描かれている。

「一つ一つ揺れて一つ一つ光る」という下の句が印象的な掲出歌。すべてに個性と耀《かがや》きを見出している。白秋は「ここに聴く遠き蛙の幼なごゑころころと聴けばころころときこゆ」という歌も詠んだ。こうした歌のように、何気なく見過ごしてしまいそうな小さなものの豊かな麗しさを発掘する達人が白秋だった。「犬の眼も幽《かす》かに動く竜胆《りんだう》の花のいのちを見守るらしも」「木の枝に雀一列ならびゐてひとつびとつにものいふあはれ」などのすぐれた歌も残している。

どこまでも小さな存在に向けるまなざしの確かさが、古来、優れた詩歌人の必須条件だ。それはきっと文学のみならず、政治にもいえることではないか。一つ一つの小さな存在に手向けることのできる丁寧な心くばり。声なきものの声にも耳を澄ますことのできる感性とあたたかさ。この時期の新茶を一服しながら、詩歌を学び、愛好した政治家や経営者がとても多い理由をあらためて思う。

北原白秋（一八八五〜一九四二）……明治時代から昭和時代にかけての詩人・歌人。与謝野鉄幹の新詩社に参加し、『明星』『スバル』などに作品を発表。童謡作家としても有名。

荒城の月をうたひしわかきゆめ
夢をつづけて我は猶《なほ》生く

土井晩翠《どいばんすい》

六月二十九日は作曲家瀧廉太郎の命日だ。「荒城の月」「花」といった調べの美しい曲はもちろん、〝もう幾つ寝ると〟でおなじみの「お正月」、さらには「鳩ぽっぽ」「雪やこんこん」などの童謡、そして「箱根の山は天下の嶮《けん》」で始まる「箱根八里」の作曲者としても知られている。

瀧家は江戸時代に日出《ひじ》藩（大分県）の家老も務めた家柄だった。廉太郎の父吉弘は伊藤博文の秘書を務めたこともある。そんな瀧家に廉太郎が生まれたのは、一八七九（明治十二）年のことだった。廉太郎にとって大きな転機となったのは東京音楽学校（現在の東京藝術大学）への入学だ。十五歳で予科に入学した廉太郎は三十五名の入学者のうち、最年少。その後、本科を卒業する頃には首席となり、やがてドイツに留学する機会にも恵まれる。一九〇一（明治三十四）年にドイツ留学に出発した廉太郎はライプツィヒ王立音楽院に入学した。作曲家で指揮者のフェリックス・メンデルスゾーンが設立した学校だった。ところが、わずか数カ月後には廉太郎は結核を発症。帰国を余儀なくされた。この時、経由地のロンドンにいたのが、「荒城の月」の作詞者である土井晩翠だった。二人が直接顔を合わせたのは、生涯に一度だけ。「荒城の月」が生まれた時には、晩翠の書いた課題詩に廉太郎の曲が採用された、ということで二人は顔を合わせていない。けれども晩翠は廉太郎が生み出した曲を高く評価していた。そんな才能ある若者が病で帰国すると知り、ロンドンにいた晩翠が客船「若狭丸」まで訪ねて、廉太郎を見舞ったのだった。

帰国後、一九〇三（明治三十六）年六月二十九日、廉太郎は帰らぬ人となった。たった一度だけ会うことのできた作曲者の訃報を知った作詞者が悲しんで詠んだのが掲出歌だ。上句の「ゆめ」はひらがな、下句の「夢」は漢字。晩翠はもっと二つの夢を重ね合わせて廉太郎と曲を創りたかっただろう。「荒城の月」には、「今荒城の夜半《よは》の月　変はらぬ光誰《た》がためぞ」という一節がある。六月二十九日には二人が生み出した名曲に思いを馳《は》せつつ、天空の月を仰ぎたい。

土井晩翠（一八七一～一九五二）……明治時代から昭和時代にかけての詩人・英文学者。バイロンやカーライルの翻訳に努めたほか、『荒城の月』や、校歌・寮歌の作詞も手がけた。

谷川の早き流《ながれ》にうつりても
山のすがたはのどけかりけり

樋口《ひぐち》一葉《いちよう》

樋口一葉は、短い人生の中で多くの和歌を残している。自らの名前の文字が入った「葉がくれに一花咲きし朝がほの垣根よりこそ秋は立ちけれ」という歌の他、「山のはの梢ほのかにみゆるかな今か出づらん秋の夜の月」「見るかぎり稲葉なみよる小山田のさとの秋こそのどけかりけれ」「うち日さす大路の柳かつ散りてみやこも秋の夕風ぞ吹く」など、秋の歌も多い。

『たけくらべ』などの小説で知られた一葉は、十代半ばで明治の歌人・中島歌子の歌塾「萩《はぎ》の舎《や》」に入門し、和歌のみならず、古典文学も学んだ。けれども一葉は、たて続けに兄と父を亡くした。父が亡くなった年、婚約も破談となり、母や妹のために一家の生計を負う必要が生じた。一葉は歌塾の内弟子として、中島家に住み込みながら手伝い料をもらう日々だった。

苦しい生活の中、文学に活路を見いだそうとした彼女は、塾の姉弟子が小説で原稿料を得たことを知り、自らも小説に挑戦する。けれども、すぐには軌道に乗らず、雑貨店を開業していた時期もある。それでもあきらめずに小説を書き続け、『たけくらべ』などを著したのだった。

党派争いをする帝国議会の混乱ぶりを見た際、一葉は「吹きかへす秋の〻風にをみなへしひとりはもれぬものにぞ有《あり》ける」という歌を詠んでいる。世相を秋の野風になぞらえ、風に揺れる女《お》郎花《みなえし》にわが身を重ねて、女性ながら自分一人がこの局面を傍観するわけにはいかない、という気概をもっていたのだった。肺結核のため、わずか二十四歳六カ月の人生だったが、書き残されたものは決して古びていない。「谷川の流れに映ってものどかな姿を見せている山」を詠んだ掲出歌。古典の素養豊かな作風の中でも、オリジナリティーに溢《あふ》れた視点を忘れないのはさすがだ。

一葉が二十数年の人生で詠んだ和歌は四千首を超える。「あるじなき垣ねまもりて故郷の庭に咲きたる花菫《はなすみれ》かな」という作品も詠んでいる。ある日、主人のいなくなった庭に咲いていた花菫。「垣ねをまもるように」咲いていると感じられたところに一葉の非凡さがある。

樋口一葉（一八七二〜一八九六）……明治時代の小説家・歌人。半井桃水に小説を、中島歌子に歌を学ぶ。生活苦の中で『たけくらべ』『にごりえ』などすぐれた作品を残した。

第四章

苦難に立ち向かった者たちの歌

おもひおく言の葉なくてつひに行く
道は迷はじなるにまかせて

黒田官兵衛《くろだかんべえ》

大河ドラマでも描かれた黒田官兵衛。「戦国乱世を終わらせた天才軍師」とも「秀吉の天下統一事業を支えた名参謀」とも称されている。

官兵衛の祖父・明石正風《あかしまさかぜ》は歌人だった。祖父の薫育《くんいく》を受けたため、官兵衛は早くから文学に親しみ、和歌に没頭した。官兵衛は「我が君主は天にあり」という言葉を遺《のこ》している。天地《あめつち》を常に敬い、いつも天が己に何を求めているのかを意識した。信長の味方をしたのも、「信長が皇室と庶民の武臣であることを忘れず、勝つたびに部下を引き連れて京都に入り、宮門に報告をした後、庶民には善を施している」からだった。倹約家として知られ、「人に媚《こ》びず、富貴を望まず」の生きかたを実践していた彼は、「自ら潔うして他の汚濁を洗ひ、しかも清濁併せ容るるは水なり」

「障害に遭ひて激しその勢力を百倍にするは水なり」と天地の代表である水から多くのことを学ぼうとした。自らの名も「如水」と称した。

誰とどう和合をすれば、人馬を殺《あや》め、農地を荒《すさ》ませる時代に終止符を打つことができるのか。彼が仕えたのは決して信長でも秀吉でも家康でもなく、本当は「天地」だったのだ。晩年は太宰府天満宮の再建にも努めている。「言い残す言葉もなく、迷うこともない。なるに任せてあの世に旅立とう」という掲出歌は辞世歌だ。

人生の選択の全てが天地との対話だった知将――それが黒田官兵衛だったのかもしれない。

黒田官兵衛（一五四六～一六〇四）……戦国時代から安土桃山時代の武将・大名。はじめ織田信長、後に豊臣秀吉に仕え、軍事的才能を生かして参謀として活躍。

何事も移ればかはる世の中を
夢なりけりと思ひざりけり

真田《さなだ》信之《のぶゆき》

真田幸村として知られた真田信繁《のぶしげ》は、父とともに豊臣秀吉に仕え、最後まで忠義を尽くした人物として、現在でも語り継がれる。江戸幕府が豊臣宗家を滅ぼした一六一四（慶長十九）年から一五年の大坂の陣では、豊臣方の武将として活躍し、家康の本陣にまで斬り込んでいった。あまりの活躍のため、豊臣家との仲を裂こうとした家康の破格の条件提示にいっさい目もくれなかった。豊臣方の不利な情勢により、多くの家臣たちが寝返っていく中、信繁は主君への忠誠を示し続けた。

掲出歌は信繁の兄信之の辞世のものだ。もともと信幸と名乗っていた彼が信之と名乗りはじめたのには悲しき理由がある。天下分け目の決戦と呼ばれた一六〇〇（慶長五）年の関ヶ原の戦いで父・昌幸や弟・信繁が石田三成らとともに西軍につく中、信之は家康サイドの東軍についた。信之は家康の養女を妻としていたのだった。関ヶ原の戦いの前、父たちの説得に向かったもののうまくはいかなかった。その後の天下分け目の決戦の結果や江戸幕府の樹立は周知の事実だ。信之はこの時、自分の戦功、さらには自らの命に代えてでも、父と弟の命が救われることを嘆願した。勝った自らの命を差し出しても、負けた父や弟の命を護ろうとした兄の思い。

結局この嘆願は聞き入れられ、父も弟も殺されずに紀州国九度山へ流罪となった。この時、父との決別を示すために、信幸から信之へと彼は自らの名を改めたのだった。

倹約家として知られた信之は妻小松姫とともに、流された父や弟の生活が困らないように自費で生活の援助をおこなった。差し入れに郷里の名産品を加える心くばりも忘れなかった。信濃上田藩の初代藩主となった信之は、老いてなお「信濃の獅子」と呼ばれ、江戸幕府内でも一目置かれた存在。信之は九十三歳まで長生きしている。

真田信之（一五六六〜一六五八）……安土桃山時代から江戸時代前期にかけての武将・大名。真田幸村の兄。信濃上田藩の初代藩主、後に信濃松代藩の初代藩主。

まだき散る花と惜しむな遅くとも
つひにあらしの春の夕暮

武田《たけだ》信勝《のぶかつ》

この歌の作者は、戦国武将・武田信玄の孫だった人物だ。当時まだ十代半ばだった。

「袖の香を花橘にうつしきて風のたよりや故郷の友」などの歌を残した武田信玄は、京から公家を招き、詩歌会・連歌会をおこなう人だった。その信玄の四男で、作者の父である勝頼も「おぼろなる月もほのかに雲かすみ晴れて行くへの西の山のは」などの歌を残している。いずれも古典の素養を備えた作品だ。

掲出歌の「まだき散る」は、「まだ時期でもないのに早く散っていく」という意味だ。この歌の「あらし」には、「あらじ」が掛けられ、春の嵐とともに、自分自身が「つひにはあらじ」(いずれは亡くなっていく)ということを重ね合わせている。「春の夕暮れ、私は新たなる死出の旅に赴いていきますが、どうぞ早く散ってしまった花だとは思わないでください。もし長びいたとしても、いずれは春の嵐に飛びゆく桜の花びらのように土へと還《かえ》っていく命なのですから」という一首だ。

一五八二（天正十）年、織田信長と徳川家康による甲斐侵攻がはじまった。勝頼は城を出て新天地をめざすことを選択した。ところが向かおうとした場所の領主は、すでに織田軍と内通し、勝頼・信勝らの一行に反旗を翻したのだった。思いがけない離反によって、勝頼も信勝も捕らえられてしまった。勝頼は自らの切腹を覚悟したものの、前途ある息子の命は存《なが》えさせられないかと思案した。信玄には遺言があった。「信勝が数え年十六歳になれば甲斐武田氏を相続すること」。信勝の母は信長の養女だったため、信玄は織田家と縁のある信勝を当主とし、融和を図ることを慮《おもんぱか》っていたのだった。けれども、父の思いは有難《ありがた》く受け取りつつ、信勝が詠んだのが掲出歌だ。自刃する前に信勝は甲斐武田氏伝来の鎧《よろい》を着用し、名門武田氏の最後の後継者として元服したと伝えられている。

武田信勝（一五六七〜一五八二）……安土桃山時代の武将。甲斐武田氏の第二十一代当主。織田信長と徳川家康による甲斐侵攻の際、父・勝頼とともに自刃。

さざなみや志賀《しが》の都は荒れにしを
昔ながらの山桜かな

平忠度《たいらのただのり》

「祇園精舎の鐘の声、諸行無常の響《ひびき》あり、沙羅双樹《さらさうじゅ》の花の色、盛者必衰の理《ことはり》をあらはす。おごれる人も久しからず、ただ春の夜の夢のごとし。猛《たけ》き者も遂《つひ》には滅びぬ、ひとへに風の前の塵《ちり》に同じ」――名高き冒頭文で始まる『平家物語』。栄華を極めた平家一門の栄枯盛衰が描かれた中世軍記物語だ。掲出歌の作者はこの『平家物語』でも描かれた人物だ。

武将・平忠盛の息子で、平清盛とは異母弟の関係にあった忠度。一一四四（天養元）年に熊野で生まれ、反平氏勢力を討つために大将軍として君臨する一方、歌人としての資質にも恵まれていた。平家一門が都落ちとなった際、都に戻り、藤原俊成のもとに百首以上の和歌を書いた巻物を託したエピソードはよく知られている。『千載和歌集』の撰者《せんじゃ》でもあった俊成は詠み人知らずの一首としてこの歌を採り上げたのだった。朝敵だった作者名を出すことをせず、それでもこの歌の良さを認めて、伝え継ぐことを選択した俊成。「さざなみ（楽浪）」は琵琶湖西南部一帯の古名だ。「さざ波寄せる琵琶湖畔の志賀の旧都。すっかり荒れ果ててしまったけれど、長等山《ながらやま》の桜は昔と変わらず、美しく咲いているなあ」というのが歌意だ。天智天皇の大津京が営まれた志賀の都。「昔ながらの山桜」と「長等山」の「ながら」を掛けている。この歌を見ても作者の才能がうかがえる。

けれども、源平が争っていた時代。文武両道の忠度は一一八四（元暦元）年の一ノ谷の戦いで討たれてしまった。享年四十一。討った源氏の者が箙《えびら》に結び付けられた文をとったところ、「行き暮れて木《こ》の下陰を宿とせば花や今宵《こよひ》の主《あるじ》ならまし」（旅の途中で日が暮れてしまい、桜の木陰を宿とすれば、花が今宵の宿の主人ということになるのだろう）という歌が記されていた。彼は忠度の死を悼《いた》み、供養塔を建立した。大地を彩っていた山桜はどれほどの栄枯盛衰を見続けてきたことだろうか。

平忠度（一一四四〜一一八四）……平安時代の武将。忠盛の六男で、清盛の異母弟にあたる。藤原俊成に和歌を学ぶ。

明日ありと思ふ心の仇桜《あだざくら》
夜半《よは》に嵐の吹かぬものかは

親鸞《しんらん》

鎌倉時代に生きた親鸞。「明日があるから、明日やればいい、と思う心のあやまちよ。美しく咲く花も夜中に嵐が吹いて散ってしまうかもしれないのだから」という一首。古来、この国では、詠み人しらずの「今今と今という間に今ぞなく今という間に今ぞ過ぎ行く」という歌も伝えられてきた。過去はもはや手の届く場所にはない。まだ来ない未来を思い悩んでも始まらない。「今」が全てなのだ、と教えつないできた先人たちの想い。

親鸞が生きた時代にも、さまざまな自然災害や大飢饉《ききん》が人々の暮らしを襲った。貴族による統治から武家による統治へと時代が移り、社会システムも大きく変換した時期。「無常」を意識した文学作品も生まれるようになった。

同時代に生きた鴨長明《かものちょうめい》の『方丈記』には、「おびただしく大地震振《おおなゐ》ること侍りき。そのさま、よのつねならず。山はくづれて河を埋《うづ》み、海は傾《かたぶ》きて陸地《くがち》をひたせり。土裂けて水涌《わ》き出で、巌《いわほ》割れて谷にまろび入る。なぎさ漕ぐ船は波にただよひ、道行く馬は足の立ちどをまどはす」という描写がある。世も末だという、末法思想が国内にも広がっていた。

こうした中で、「人のいのちは日々に今日や限りと思ひ、時時《ときどき》に只《ただ》今やおはりと思ふべし」だと語っていた親鸞。何があっても決して後悔することがないよう、真剣な今を重ねてゆくことの大切さを説いた。今日というかけがえのないこの時に全力投球することで生まれるもの。今を尊ぶことで見えてくる世界。九十年にも及ぶ生涯を真摯《しんし》に生きた親鸞は、「非人を差別するものこそ、真の意味での非人なのだ」という言葉も残している。

親鸞（一一七三〜一二六二）……鎌倉時代初期の僧侶。法然に師事し、浄土真宗の宗祖とされる。

父母が頭《かしら》掻き撫《な》で幸《さ》くあれて
言ひし言葉《けとば》ぜ忘れかねつる

丈部稲麻呂《はせつかべのいなまろ》

三月のことを「弥生《やよい》」と呼ぶのは、草木がいやが上にも生えることを意味する「いやおい」が転じたのだと言われる。春は旅立ちの季節だ。四月からの新生活を前に、郷里を離れ、新たな道へと旅立っていく人もいることだろう。

千数百年前に郷里を離れ、旅立たざるを得なかった少年の歌も紹介してみたい。防人《さきもり》の歌だ。六六三（天智天皇二）年、百済《くだら》救援軍が白村江《はくすきのえ》で唐・新羅《しらぎ》の連合軍に敗れて以来、半島からの脅威に対して辺境を防備する任務を負う兵士が必要となった。諸国から集められた中でも東国の若者たちがこの任務を担当することが多かった。彼らは徒歩で難波に集結し、その後、船で瀬戸内海を渡って九州の地へと向かっていった。三年の任務期間中は自力で食料も武器も調達しなければならない。たびたび任期が延長されることもあった。任務が終わってからも、無事に郷里に戻ることができるという保証があったわけではなかった。こうした過酷な条件で任務に向かった若者たち。

掲出歌は、「父母が頭を掻き撫で無事でいろよと言ってくれた言葉が忘れられない」という意味だ。十代半ばの作者だろうか。両親はどんな思いで息子の頭を撫でたのだろう。この時代には、息子が無事でいられるように自分たちの魂を擦りつける意図もあって頭を撫でていたのだという説もある。旅立つほうも見送るほうもつらかっただろう。

「たちばなのみをりの里に父を置きて道の長道《ながち》は行きかてぬかも（丈部足麻呂《はせつかべのたりまろ》）」（たちばなの「みをり」の里に父を残して、長い道のりは行き切れない）、「我が妻はいたく恋ひらし飲む水に影さへ見えてよに忘られず（若倭部身麻呂《わかやまとべのみまろ》）」（我が妻はとても恋してくれているようだ。飲む水に影すら見えて忘れることができない）といった歌を詠みながら赴任地へと向かっていった日々。万葉集には巻十四に五首、巻二十に九十三首、防人の歌が収められている。

丈部稲麻呂（？）……奈良時代の防人。

眼前の繰廻しに百年の計を忘《わ》する勿《なか》れ
基を立て物従ふ、基は心の実といふことを忘する勿れ

渡辺崋山《わたなべかざん》

天保の大飢饉《ききん》の際、一人の餓死者も出さなかった三河の田原藩。裕福ではなかった藩が一人の餓死者も出さなかったのはなぜか。一八三二（天保三）年に家老職に就任した渡辺崋山の発案により建設された飢饉用の穀物備蓄倉庫「報民倉《ほうみんそう》」が機能したからだった。

藩の江戸屋敷で生まれたものの、財政難による減俸のため、兄弟が次々と奉公に出されてしまった少年期の崋山。得意だった絵を売ることによって、家計を助け、学問に励んだ。努力と才能によって、二十代半ばには画家としての名声も得た。藩政改革に尽力し、農学者を招いた稲作の技術改良や櫨《はぜ》・楮《こうぞ》の栽培もおこなった。優秀な藩士を登用するため家格よりも役職を反映した俸禄制度づくりに尽力した。「一人にても餓死流亡《りゅうぼう》に及び候わば、人君《じんくん》の大罪にて候」という精神

で藩政をおこなっていた崋山。二年にわたった天保の大飢饉で一人の餓死者も出さなかった背景にはこうした信念の政策があった。

そんな崋山は、「八勿《はちぶつ》の訓《くん》」を残したことでも知られる。掲出の言葉はこのうち二番目と八番目だ。「目の前のやりくりにとらわれて長期的な展望を忘れることがあってはならない」「基本がしっかりしていれば皆それに従う。基本は誠実さだ」という言葉。他にも、「面後《めんご》の情《じょう》に常を忘する勿れ」（面談している時、感情に流されて平常心を忘れてはならない）という言葉を残している。『慎機論』で幕府の対外政策を批判したため捕らえられた崋山。最期には災いが藩主に及ぶことを恐れ、自ら死を選択したのだった。「梓弓矢竹ごころの武夫《もののふ》も親にひかれて迷ふ死出かな」の和歌を残し、長男に「餓死《うゑしぬ》るとも二君に仕ふべからず」という言葉を遺《のこ》して亡くなっていったのだった。

渡辺崋山（一七九三〜一八四一）……江戸時代後期の武士・画家。三河田原藩の家老。画家としては独自の画法を確立し、肖像画にすぐれた。幕政批判により、蛮社の獄に連座して自刃。

あふ時はかたりつくすとおもへども
わかれとなればのこる言《こと》の葉《は》

大石主税《おおいしちから》

十二月十四日が近づくと赤穂《あこう》浪士たちを思い出す。江戸時代の一七〇二（元禄十五）年におきた赤穂四十七士の討ち入り事件。この事件を題材にした『仮名手本忠臣蔵』は江戸時代に創作され、人形浄瑠璃や歌舞伎はもちろん、映画、テレビドラマ、演劇などで繰り返し描き続けられてきた。

事件の発端は前年の一七〇一（元禄十四）年三月十四日にさかのぼる。播磨《はりま》赤穂藩第三代藩主だった浅野内匠頭《たくみのかみ》（長矩《ながのり》）が老中配下で幕府の儀式や典礼をつかさどる高家《こうけ》の吉良上野介《きらこうずけのすけ》に刀を抜いた。その理由は諸説あって断定しがたいものの、上野介が賄賂を好んだことなどが原因だと言われている。けれどもこの内匠頭の行為に将軍綱吉が激怒。赤穂藩は断絶、内匠頭は即日切腹を言い渡された。この厳しい裁定に対し、きっかけとなった上野介のほうにはいっさいの咎《とが》めがなかったため、主君の無念を晴らすために約一年九か月後、旧赤穂藩士四十七士が吉良屋敷に入り、上野介の首を取ったのだった。彼らはそのまま主君の墓前へと向かった。その後、各大名に預けられていた赤穂浪士は幕命によって切腹を命じられる。これが世に知られた忠臣蔵だ。

掲出歌は四十七士で最年少だった大石主税の歌。当時十六歳だった。父は赤穂藩筆頭家老、大石内蔵助《くらのすけ》。この事件では、藩主内匠頭が「風さそふ花よりもなほ我はまた春の名残をいかにとかせん」と辞世の歌を詠み、内蔵助も「あらたのし思ひは晴るる身は棄つる浮世の月にかかる雲なし」という歌を残している。元服を済ませたばかりの主税は、亡くなる前に母のもとを訪れ、最後の一夜を過ごした。共に寝ていると母の温もりが伝わってきた。つらい思いをさせてはならぬと主税は懸命に堪《こら》えた。それでもまなじりからは涙が溢《あふ》れてしまうのだった。掲出歌はこの時、詠まれたものだと語り継がれる。

大石主税（一六八八〜一七〇三）……江戸時代前期の武士。赤穂浪士四十七士の一人。父・内蔵助とともに、吉良上野介への仇討ちを果たす。

過ぎし世は夢か現《うつつ》か白雲《しらくも》の
空に浮かべる心地こそすれ

飯沼貞吉《いいぬまさだきち》

十六歳で亡くなった赤穂四十七士の大石主税の和歌を紹介した後、会津の少年たちの物語にも触れておくべきだという思いが強くなった。言わずと知れた白虎隊の悲劇だ。

一八六八（明治元）年、戊辰《ぼしん》戦争がおこると会津藩は旧幕府軍の中心の一つだと見なされてしまった。これまで幕府に忠実であろうとしたばかりに会津藩が新政府軍の仇敵《きゅうてき》となってしまったのだ。新政府軍は圧倒的な兵力で会津に攻めてきた。会津藩は侵入を防ぐために藩を挙げて立ちあがった。五十歳以上を玄武隊、三十六歳から四十九歳までを青龍隊、十八歳から三十五歳までが朱雀《すざく》隊、十六歳から十七歳までの少年たちを当初、白虎隊として組織した。故郷を護《まも》りたい、家族を護りたい、という思いで立ち上がった少年たち。掲出歌の作者飯沼貞吉もそんな一人だった。一八五四（安政元）年四月二十二日生まれ。会津藩の家老だった西郷頼母《たのも》の妻千重子は、父の妹だ。母の文子は歌人でもあった。

十歳になると藩校に通うことになっていた会津藩の少年は、藩の一大事を迎え、自ら願い出て出陣することとなった。とはいえ、会津藩は兵力で圧倒的に不利な状況だった。武器の量やレベルも違う。負傷者を抱えながら郊外の飯盛山へと落ち延びた少年たち二十名はここで自刃をすることとした。その中で一人だけ生き残ったのが貞吉だった。短刀で喉を突き、意識を失っていたところを地元の女性に助けられた。味方の軍医が懸命に喉を縫合し、貞吉は息を吹き返した。

その後、通信技師として七十六歳まで生きた貞吉。白虎隊の悲劇を語ったのは晩年だった。戦後は会津を離れて暮らしたが、それでも仙台の自宅の庭には会津地方特産の柿の木を植えていた。亡くなる前、貞吉は頭髪と抜けた歯を小箱に収め、自身が死んだらこれを会津に埋めてほしいと語っている。掲出歌はこの頃詠まれたものだった。小箱は飯盛山の仲間たちの墓のそばに埋められている。

飯沼貞吉（一八五四〜一九三一）……幕末から明治時代にかけての軍人・技師。白虎隊に参加し、自刃を試みるものの、生き残る。明治維新後は、逓信省通信技師となる。

世の中をよそに見つつも埋もれ木の埋もれてをらむ心なき身は

井伊《いい》直弼《なおすけ》

幕末の難局時に江戸幕府の大老を務め、日本の開国近代化を断行した人物として知られる井伊直弼。その過程で安政の大獄を行い、吉田松陰ら八名を処刑し、百名以上を処罰するなど、大弾圧を実施した。松下村塾の志士たちから見れば、大変な敵役《かたき》だ。けれども、一方では「開国を断行したことによって日本を救った政治家」という見方もある。

一八一五（文化十二）年に彦根藩主井伊直中《なおなか》の十四男として生まれた直弼。五歳で母を、十七歳で父を失った彼は三百俵の捨扶持《すてぶち》を与えられ、城外で質素に暮らしていた。自ら「埋木舎《うもれぎのや》」と呼んだこの部屋での暮らしは十五年にも及んだ。けれども腐らずに日々武術を磨き、和歌や儒学、国学の勉学に励み、茶や能もたしなんだ。掲出歌はこの頃の作品だ。「今は世の中の動きに加われず、埋もれたままで暮らしているものの、どんなに非情の身であったとしても決して埋もれたままではいけない」と自らを鼓舞した一首。直弼は生涯に千首以上の和歌を詠み、「柳廼四附《やなぎのしづく》」という歌集も編んでいる。

そんな彼が突然藩主から江戸に呼ばれたのは三十二歳の時だった。兄たちが他家に養子に出ていた中、藩主の兄に子どもがなかったため、急遽《きゅうきょ》直弼が養子となった。四年後にはこの兄も亡くなり、直弼が彦根藩の藩主となったのだ。直弼が最初にしたのは兄の残した藩金十五万両を士民に分け与えることだ。彦根に戻ってからは何年もかけてすべての地域を巡り、生活の苦しい人々や病人に救いの手を差し伸べた。

時代の激流の中、大変難しい舵《かじ》取りを任され、最期には桜田門外で暗殺された直弼。日本の将来を見据えて、諸外国との戦争をすることなく開国した直弼のことを彦根では今も多くの人々が称《たた》えている。

井伊直弼（一八一五〜一八六〇）……江戸時代末期の大老。近江彦根藩藩主。江戸幕府の大老を務め、日米修好通商条約に調印。安政の大獄で反対勢力を弾圧したが、それらの反動を受けて桜田門外で暗殺された。

ふる里の野べ見にくれば昔わが妹《いも》とすみれの花咲きにけり

賀茂真淵《かものまぶち》

賀茂真淵は、荷田春満《かだのあずまろ》、本居宣長《もとおりのりなが》、平田篤胤《ひらたあつたね》とともに「国学の四大人《しうし》」と称《たた》えられている。一六九七（元禄十）年に、遠江国（現在の静岡県浜松市）の賀茂神社神官の三男として誕生した。母は徳川家と関係の深い名家、竹山氏の出だった。

二十代半ばで春満と出会い、「国学」に関心を寄せた。国学は江戸時代に、漢学に対して提唱された学問で、『古事記』『日本書紀』『万葉集』など、日本の古典を探求するものだ。契沖、春満が創始し、真淵が樹立、宣長らが発展させていった。

真淵は春満と出会った頃、結婚をしたものの、翌年には妻を亡くしている。掲出歌は、八代将軍徳川吉宗の次男・田安宗武《たやすむねたけ》の和学御用も務めた真淵が、隠居後、郷里の浜松に戻って詠んだものだった。「妹」は古来、男性が妻や恋人など、親しい女性に用いる言葉だ。花の「すみれ」には、妻と「住み」という言葉が掛けられている。「(六十歳を過ぎて)再び郷里の野辺を見にやってくると、かつて妻と住んでいたあたりにはすみれが咲いているのだった」という一首。真淵は、「故郷は春の暮こそあはれなれ妹に似るてふ山吹の花」という歌も詠んでいる。「郷里である浜松は春の終わりの季節がとくに趣が深い。(かつて『万葉集』の時代に大伴家持《おおとものやかもち》が「妹に似る草」として野辺の山吹の花を詠んだように)恋しい人に似ているというこの山吹の花よ」という歌意だ。

没後数十年を経て、今なお思い出される妻の姿。「すみれ」や「山吹」など、野に咲く可憐《かれん》で麗しい花に喩《たと》えているところに、真淵の思いが伝わってくる。満開の桜もすばらしいけれど、それだけが春を彩る花ではない。すみれや山吹など、野辺に咲く花々の愛《いと》しさと出会うたび、真淵や真淵の残した歌を思う。今もすみれが咲く彼の郷里の浜松市には賀茂真淵記念館があり、真淵のこころに触れることができる。

賀茂真淵(一六九七~一七六九)……江戸時代中期の国学者。荷田春満に学ぶ。『万葉集』などの古典研究を通じて古代日本人の精神を研究。門人に本居宣長らがいる。

冬ごもりこらへこらへて一時《ひととき》に
花咲きみてる春は来るらし

野村望東尼《のむらぼうとうに》

これは、幕末の志士たちから慕われ、「志士の母」と称された野村望東尼の歌だ。

一八〇六（文化三）年に福岡藩黒田家の家臣・浦野重右衛門勝幸の三女として生まれた。十七歳の時に一度、藩士のもとに嫁いだ彼女は年上の夫と離縁。生家に戻った後、国学の塾に通い、和歌も学びつつ、尊皇思想を深くした。塾の門下生と再婚。お互いに再婚だった二人は四人の子を得たものの、次々に亡くなってしまった。一八五九（安政六）年に夫が亡くなると、望東尼は剃髪《ていはつ》した。幕末の激動期、彼女が暮らしていた福岡の平尾山荘には、多くの志士が出入りしていた。福岡藩士の平野国臣、対馬藩士の平田大江、熊本藩士の入江八千兵衛、そして長州藩士の高杉晋作たちだった。晋作はここで十日ほど過ごし、彼の人間性を見抜いた望東尼は晋作の出発時に徹夜で着物を縫い上げ、「まごころをつくしのきぬは国のため立ちかへるべきこころも手にせよ」という歌と共に贈っている。筑紫と尽くしの掛詞《かけことば》を指摘するまでもなく、彼女の歌の素養の深さがうかがえる。

やがて、幕府から長州征伐が発令されると、藩は勤皇派の弾圧に乗り出した。望東尼も志士を匿《かくま》った罪で玄界灘《げんかいなだ》の姫島に流された。この時、肺結核で起き上がることもできなかった晋作は仲間六人を決死隊として送り込み、救出を決行した。望東尼は妻たちと共に晋作の看病に尽くした。病床で「おもしろきこともなき世をおもしろく」と詠んだ晋作に、「すみなすものは心なりけり」と続けたのは望東尼だったと言われている。晋作の死後、尊皇派の勝利を祈念して、断食をしながら、七日間、防府天満宮に毎日一首ずつ歌を奉げたこともある望東尼。間もなく病に倒れ、六十二年の生涯を閉じている。大政奉還の報を病床で受け、安堵《あんど》しながら書き取ってもらったのが掲出歌だった。「こらへこらへ」た冬のあとには、必ず花咲く春が待っている。

野村望東尼（一八〇六〜一八六七）……江戸時代末期の歌人。勤皇家で、高杉晋作らと交流があったため、姫島（現・福岡県糸島市）に流刑となった。

傘さして田植する人目に入れば
勿体《もったい》なくて拝まむとする

柳原白蓮《やなぎはらびゃくれん》

ＮＨＫ朝の連続テレビ小説「花子とアン」の中で圧倒的な存在感を放ったのが、仲間由紀恵さん演じる葉山蓮子だった。蓮子役のモデルとなったのが、歌人柳原白蓮だ。

一八八五（明治十八）年に東京の伯爵家の次女として生まれた白蓮。大正天皇の従妹《いとこ》という境遇でありながら、本人の意向に沿わない婚姻をさせられるなど、苦労も多かった。十五歳で長男を出産するものの、子どもを取り上げられ、離婚も体験した。二十三歳で編入学したのが寄宿舎のある女学校だった。ここで「花子とアン」の主人公・村岡花子と出逢う。

卒業後、白蓮は炭鉱王と再婚。九州に移り住んでから白蓮は夫に妾《めかけ》の子どもがいることを知った。そんな中で救いを短歌に求めていく。「われはここに神はいづこにましますや星のまたたき寂しき夜なり」で始まる歌集『踏絵』はこうしてつくられたものだった。

やがて彼女は社会変革への想いに満ちた青年・宮崎龍介との出会いを果たす。彼は東京帝国大学に在学し、大正デモクラシーを推進した「新人会」のメンバーだった。自らを籠の中の鳥に喩《たと》えた歌も詠んでいた白蓮は、思いきって龍介と生きる道を選択した。姦通罪のあった時代。命がけだった。道ならぬ恋だと非難することはたやすい。けれども白蓮にとっては窒息死寸前の自分を援《たす》け出す唯一の〝救済法〟だったのかもしれない。

二人の子どもに恵まれたものの、弁護士の夫が血を吐く中、筆一本で家族を支えた時期もある。一九四四（昭和十九）年、大学在学中だった息子が学徒出陣し、翌年八月に戦死。戦後は一貫して、平和への想いを語り続けた。「万国悲母の会」を結成し、世界連邦婦人部設立にも尽力した。晩年は病気で両目の視力を失ったものの、夫や娘夫婦と穏やかな日々を過ごした。掲出歌は八十一歳で亡くなった白蓮の最後の歌集『地平線』の一首だ。優しさ、あたたかさとも無縁でなかったことが嬉しい。

柳原白蓮（一八八五〜一九六七）……大正時代から昭和時代にかけての歌人。炭鉱王・伊藤伝右衛門の妻でありながら、社会運動家の宮崎龍介と駆け落ちした（「白蓮事件」）。

憂《う》きことの尚《なほ》この上に積もれかし
限りある身の力試さん

熊沢蕃山《くまざわばんざん》

二〇一四（平成二十六）年のノーベル物理学賞を受賞した天野浩教授が座右の銘として大事にしてきた和歌が、今回の掲出歌だ。十代半ばまでは勉強が嫌いで、何のために勉強しているのか分からなかったという天野教授。そんな時、掲出歌と出会って、天野教授は勉強に励もうという気持ちになったという。

八歳の時に養子に出た蕃山は、十代半ばで備前国岡山藩主池田光政に仕えた。その後、岡山藩を離れ、当時近江聖人と讃《たた》えられていた陽明学者の中江藤樹の門下生となる。

再び藩に戻り、陽明学に傾倒していた藩主によって活躍の機会を与えられた。陽明学とは中国の明代の王陽明が興した儒教の一派だ。日本では幕末の志士たちにも影響を与えている。この陽明学を学んだ蕃山は、全国に先駆けて開校された藩校で活躍した。庶民教育の場となった「花園会」の会約も起草し、これが後の庶民の学校「閑谷学校《しずたにがっこう》」の設立につながった。一六五四（承応三）年の洪水と大飢饉《ききん》の際には、藩主を支え、蕃山は民の救済に力を注いだ。貧しい農民支援や治水事業などにも携わり、藩政の改革に取り組んだ。

けれどもこれが旧来の家老たちとの軋轢《あつれき》を生んだ。朱子学を官学としている幕府からも批判を受け、蕃山は退去を余儀なくされた。

しかし蕃山はめげなかった。京都で私塾を開き、さらにそこすら追われても己の信念を貫き通した。幽閉されたことも、六十九歳で謹慎させられたこともあった。それでも不屈の反骨精神で七十三年の天寿を全うしたのが蕃山という男だった。彼が詠み残した歌を励みに、何千回もの失敗にめげず、改良と実験を重ね続けた天野教授が平成の世に大輪の花を咲かせた。

どんな「憂き」ことでも己を磨く糧だとして、歩んだ道のり。蕃山の歌に励まされていたのは天野教授だけではない。吉田松陰もその一人だった。

熊沢蕃山（一六一九〜一六九一）江戸時代前期の陽明学者。中江藤樹に陽明学を学ぶ。岡山藩主池田光政に仕え、藩政の改革に着手。晩年、幕政批判により、蟄居させられた。

霜を経て匂はざりせば百草《ももくさ》の上には立たじ白菊の花

税所《さいしょ》敦子《あつこ》

作者の税所敦子は一八二五（文政八）年、京都に生まれた。父が宮家付の武士だったため、幼い時から和歌に親しんだ。二十歳の時、薩摩藩邸に勤める税所篤之《あつゆき》の後妻となる。夫の粗雑な立ち振る舞いを受けても、至らない自分を一人前の武士の女房に育ててくれているのだと耐えて、尽くした。二十八歳の時に夫が亡くなると、一人娘を連れて、今度は夫の郷里へと向かった。まだ会ったこともない姑《しゅうとめ》や継子の面倒を見るためだった。十人もの家族に仕える日々。厳しい仕打ちやいじめにも耐え、敦子は孝養を尽くした。「和歌なんかを詠む生意気な奴《やつ》だ」と言われても堪《こら》えた。やがて、ひたむきな態度を姑が受け入れていく。彼女の孝養は人々に知れ渡り、思いがけず薩摩藩主島津斉彬の世継ぎの教育係に抜擢《ばってき》された。「朝夕のつらきつとめはみ仏の人になれよの恵みなりけり」と詠み、艱難《かんなん》辛苦は己を磨くための糧だと考えていた敦子。苦労も天からの恵みなのだった。

その後、島津久光の養女の婚姻の際、共に京都の近衛家に入った。十年仕えると、さらに思いがけない展開がやってきた。それが、宮中に入り、明治天皇皇后両陛下のお世話をするというものだった。やがて、敦子は両陛下の信頼も得ていく。楓内侍《かえでのないし》と呼ばれ、皇后陛下の歌のお相手も務めた。女官たちにも歌文を教え、宮内卿だった伊藤博文にも人柄を絶賛されている。外国要人たちの接客のために、五十歳を過ぎてから英語やフランス語の習得にも努めた。彼女はいつしか「明治の紫式部」と呼ばれるようになっていた。幾多の困難を乗り越え、与えられた場で努力を惜しまずに励み続けた敦子。

掲出歌に詠まれた白菊は、「百草の王」と呼ばれる。「霜が降りることにも耐え、花は咲き、馨《かぐわ》しき香りを放つ」ことを詠んだ和歌。白菊を詠みつつ、人にも通じる世界を表現した。天寿を全うした七十五年の生涯。苦労を宝と変えた人生だった。

税所敦子（一八二五〜一九〇〇）……江戸時代末期から明治時代の歌人。夫・篤之と死別後、藩主島津家や京都近衛家に仕え、さらに宮中に出仕して皇后の歌の相手を務めた。

相思樹の樹々わたりゆく風の音
亡友の声かと耳澄まし聞く

上江洲慶子《うえずけいこ》

掲出歌は、多数の学生をひめゆり学徒隊として動員した沖縄県立第一高等女学校出身の作者の作品だ。米軍の沖縄上陸を目前に控えた一九四五（昭和二十）年三月二十三日、沖縄師範学校女子部と沖縄県立第一高等女学校の生徒二百二十二名、さらには引率教諭十八名からなる二百四十名の学徒隊が組織された。勤務先は沖縄陸軍病院。ここに看護要員として、動員されたのだった。「摩文仁野《まぶにの》の千草にすだく虫の音は親恋ふ学友《とも》の哀しみの声」「生きゆかむ声聞こゆなり摩文仁野に散りにし屍《かばね》踏みゆくを畏《おそ》る」――これらも同じ作者の作品だ。二百四十名のうち、百三十六名が戦死する悲劇の中、ひめゆり学徒隊は働き続けた。「友よいとしの我が友よ色香ゆかしき白百合の心の花と咲き出でて世に芳《かんば》しく馨《かお》らなん」という校歌を歌いあった仲間たちの死は、十代の少女にとってどれほどの傷《いた》みであったことか。

作者は後に『相思樹の譜』という歌集を出し、鎮魂の歌を詠み続けた。「ひめゆりの友等戦《ともらいくさ》に逝きにしを吾は老いつつ挽歌詠みつぐ」「慰霊の日甘蔗《きび》の葉さやぐ摩文仁野に戦《いくさ》に果てし兄の声あり」――友を失い、兄を失い、「戦争に男の子失ひし老い母はその悲しみを口にせざりき」と、母も詠んだ作者。「相思樹」は学校への行き帰りに親しんだ並木だそうだ。一九四五年の卒業式に歌われるはずだった曲も「相思樹のうた」だった。

「撃たれたる母踏み越えて逃れしと沖縄戦言ふ友涙ぐむ」と詠んだのは学友の砂川しげさんだった。「八十路越え友と集いてひめゆりの塔にぬかずき校歌うたいぬ」と詠んだのは真栄田八重さんだった。和田徳子さんは「乙女等の血潮の色に咲ききそうハイビスカスの花は悲しき」と詠んだ。今あらためて、作者は、「師や学友《とも》の悲痛の叫び聞こえくる戦争の悲劇繰り返すまじ」と詠んでいる。かつての友に、誓うように。

上江洲慶子（一九二八〜）……沖縄県那覇市生まれ。沖縄文教学校師範部卒業後、三十八年にわたって小学校教諭。沖縄県歌人会年間賞受賞。ひめゆり同窓会会員。

太き骨は先生ならむそのそばに小さきあたまの骨あつまれり

正田《しょうだ》篠枝《しのえ》

二〇一六（平成二十八）年五月二十七日――バラク・オバマ大統領が、現職のアメリカ大統領として初めて被爆地広島を訪問した日だ。長崎には一九九一（平成三）年に当時旧ソ連の大統領だったゴルバチョフ氏が訪問していたものの、核兵器保有国の現職大統領が広島を訪問するのはこれが初めての出来事だった。

掲出歌は一九一〇（明治四十三）年に広島で生まれ、爆心地から約一・五キロの距離にあった自宅で被爆した人の一首。原爆症の後遺症が見られ、入退院を繰り返す中で懸命に自身の体験を詠み続けた。五十四歳で亡くなるまでに三千首の短歌を詠んだと言われる。掲出歌は、一九七一（昭和四十六）年に建立された「原爆犠牲国民学校教師と子どもの碑」に刻まれた一首だ。「太き骨」は「大き骨」、「あたま」は「あまた」だという説もあるものの、作者の詠みたかった世界は変わらないだろう。

原爆から九年後に刊行された『歌集廣島』には被爆した市井の人々の歌が残されている。市民から投稿された約六千五百首から、二百二十名の一七五三首が選出され、一九五四（昭和二十九）年八月六日に第二書房から刊行された。「大根を重ねる如《ごと》くトラックに若き学徒の屍《しかばね》を積む」（平野美貴子）、「死体浮くプールの水を貪り飲む女子学生のやき腫れし唇」（川手亮二）、「原爆に耳を焼かれし我が妹はイヤリングなど欲しがらぬなり」（新田隆義）、「命のみ生きながらへて幸ならずある時は爆死を羨《いと》しみにけり」（白島きよ）などの歌が載せられた。

誰かが声にしていかなくては忘れられてしまいかねない歌の数々だ。

正田篠枝（一九一〇～一九六五）……昭和時代の歌人。三十四歳の時、広島で被爆。被爆経験を詠んだ多数の短歌により「原爆歌人」として知られている。

ふさがりし瞼《まぶた》もろ手におしひらき
弟われをしげしげと見き

竹山《たけやま》広《ひろし》

一九二〇（大正九）年に長崎で生まれた竹山広は、肺結核のため長崎市浦上第一病院に入院していた。原子爆弾が投下された一九四五（昭和二十）年八月九日が退院予定日だった。迎えに来てくれる約束だった兄を待ちながら、爆心地から約一・四キロの病室にいた。原爆が投下された時刻、熱い光を感じた。その直後、衝撃的な爆発波がやってきた。空気の塊《かたまり》が喉に入り込み、息ができなくなった。すべての窓ガラスが割れる病院内で血だらけの人が逃げまどう中、やっとのことで外に出てみると、周囲の家が一軒残らずつぶされていた。

奇跡的に軽傷だった竹山は、早速行方不明の兄を探しはじめた。「橋下に死してひしめくひとりひとり面おこし見てうち捨てゆきし」といった具合に、兄に似た風貌の死者をすべて確認しながら歩き回った。そして、やっとのことで探し当てた兄を詠んだのが掲出歌だった。「水が飲みたい」と語る兄のためにきれいな水の出るところまで行くと、そこはもうこの世の地獄だった。水を求めたまま亡くなった人々の多さ。衣服が焼け、これが人間かと思うほどに紫色に膨れ上がってしまった人たちがいた。「人に語ることならねども混葬《こんそう》の火中《ほなか》にひらきゆきしてのひら」などの作品を竹山は残している。

必死の看病にもかかわらず、終戦の日に兄は亡くなった。「まぶた閉ざしやりたる兄をかたはらに兄が残しし粥をすすりき」。自分を迎えに来てくれた兄の非業の死。つらい光景を何としても後世に語り継がねばならないと思って、歌集にまとめたのは六十一歳の時だった。地上のどこにもう二度とこんな悲惨な世界を生み出したくない。元防衛大臣が原爆投下を「しょうがない」と発言した際、「崩れたる石塀の下五指ひらきゐし少年よ　しやうがないことか」と詠んだ。二〇一〇（平成二十二）年に九十歳で亡くなるまで、繰り返し繰り返し、平和の砦となる三十一文字の作品群を創出しようと尽力した一生だった。

竹山広（一九二〇～二〇一〇）……昭和時代の歌人。長崎で被爆。原爆についての歌のほか、社会風刺の歌や、日常生活を詠んだ歌も多い。

戦世《いくさよ》や済《し》まち　みるく世ややがて
嘆《なじ》くなよ臣下　命《ぬち》ど宝

尚泰《しょうたい》

二〇一五（平成二十七）年六月二十三日。沖縄戦終結から七十年を迎えたこの日、一人の青年が詠みあげた琉歌が響きわたった。沖縄県立与勝《よかつ》高等学校三年の知念捷《まさる》さんが沖縄全戦没者追悼式で詠んだ「みるく世がやゆら」という自作詩の中の一節だ。「みるく世がやゆら」は沖縄の言葉で、「平和でしょうか」という意味だ。知念さんは、「花を愛し　踊りを愛し　私を孫のように愛してくれた」祖父の姉のことを詩に書いた。沖縄戦で、二十二歳だった夫に先立たれ、乳飲み子を抱えながら、生き抜いた祖父の姉の人生を。「みるく世がやゆら」はこの女性が体験したことを通じて、高校生の作者が自らに問いかけた詩だった。

〈彼女の夫の名が　二十四万もの犠牲者の名が刻まれた礎《いしじ》に　私は問う　みるく世がやゆら　頭

上を飛び交う戦闘機　クワディーサーの葉のたゆたい　六月二十三日の世界に　私は問う　みるく世がやゆら〉

クワディーサーはモモタマナの木だ。沖縄戦死者名を刻む「平和の礎」付近に植えられている。詩に用いられ、〈古《いにしえ》のあの琉歌《うた》よ　時を超え今　世界中を駆け巡れ　今が平和で　これからも平和であり続けるために〉と呼びかけられたのが掲出歌だ。「戦いの世は終わった。平和な弥勒《みろく》の世がやがてくる。嘆くなかれ、皆の者たちよ。命こそが宝だ」という意味の定型詩。第十九代琉球国王として即位したものの、一八七九（明治十二）年の明治政府による琉球処分によって王位を奪われ、東京に住むことを求められた、琉球王朝最後の王の歌だった。首里城を明け渡す日、多くの民が別れを惜しんでやって来た。その際、国が取り潰されるという事態を悲観して民が自害することがないように王が呼びかけたのがこの琉歌だった、と語り継がれる。

沖縄には「ちむぐくる」という言葉がある。「他者に寄り添う心」をあらわす言葉だ。歌にあらわれた「ちむぐくる」心をかみしめたい。「命《ぬち》」こそ「宝」なのだと肝に銘じて。

尚泰（一八四三〜一九〇一）……江戸時代末期の、第十九代にして最後の琉球国王。後に日本の華族として琉球藩王、侯爵。

第五章

開拓者たちの歌

八雲《やくも》立つ出雲《いづも》八重垣《やへがき》妻籠《つまご》みに
八重垣作るその八重垣を

須佐之男命《すさのおのみこと》

この歌は、紀貫之《きのつらゆき》が書いた『古今和歌集』仮名序で、「和歌の始まり」だとされた歌だ。出典は『古事記』。天照大御神《あまてらすおおみかみ》の弟君である須佐之男命が櫛名田比売《くしなだひめ》と結婚した際の一首だ。

初句の「八雲立つ」は雲が幾重にも湧き立つ姿を描いたもの。須佐之男命が新妻とともに住む場所を探していた際、ある場所に辿《たど》り着いた。澄みきった大気、湧き立つ雲の壮大な美しさ、溢《あふ》れるほどに漲《みなぎ》っていた天地《あめつち》の息吹。「ここに来てわが心は清々しくなった」と命《みこと》が語ったことから、出雲のこの地が「須賀《すが》」と呼ばれるようになった。その際、すばらしい雲が立ち上がってゆく瑞兆《ずいちょう》を見て詠んだのが、掲出歌だった。

「もくもくと雲が立ち上がる出雲の須賀の地に妻と住む宮をつくろうとすると、まるで私たち夫婦が暮らす宮の八重垣のように見事な雲が幾重にも湧き上がってきた」という一首。日本最初の和歌は新婚の歌なのだ。このお二人から生まれたのが大国主命《おおくにぬしのみこと》だとされる。古来、和歌のことを「八雲の道」と呼ぶのは、この須佐之男命の歌に由来している。

須佐之男命……日本神話の神。伊弉諾尊《いざなぎのみこと》と伊弉冉尊《いざなみのみこと》の子、天照大神の弟。数々の粗暴をおこなって天照大神を怒らせてしまったため、高天原から追放された。出雲へ降り、八俣遠呂智《やまたのおろち》を退治して櫛名田比売命を救い、その尾から出てきた草那藝之大刀を天照大神に献上した。

倭《やまと》は国のまほろば　たたなづく　青垣《あをがき》
山隠《やまごも》れる　倭し美《うるは》し

倭建命《やまとたけるのみこと》

五月。冬の間、完全に葉を落としていた柿にも潤いに満ちた若葉の季節がやってくる。陽射しを浴びて、光沢を増した若緑色の生命力。日本人は古来、様々な緑色を独自の感性で見分けてきた。若草色、萌黄《もえぎ》色、鶸《ひわ》色、苗色、夏虫色、裏葉色、浅緑色、老竹《おいたけ》色、千歳緑《ちとせみどり》、常盤《ときわ》色など、数十種類にも及ぶ緑色の表現を有する国に暮らせていることが、とても嬉《うれ》しくなる。

この季節になると思い出すのが『古事記』の掲出歌だ。倭建命は『日本書紀』では日本武尊と表記されている。第十二代景行《けいこう》天皇の皇子で、第十四代の仲哀《ちゅうあい》天皇の父だと語り継がれる倭建命。

東征を終えて大和の国へ戻る途中、熱田（現在の名古屋市）の尾張氏の娘と結婚をした。この頃、近江の伊吹山に乱暴を振るう存在があると聞き、かつて叔母である倭比売命《やまとひめのみこと》から伊勢で与えられていた神剣（草那芸剣《くさなぎのつるぎ》）を妻に預け、素手で山へと登った。ところがここで白い猪（『日本書紀』では大蛇）に身を変えた山の神のお叱りを受け、歩けなくなってしまった。何とか伊勢の能煩野《のぼの》（現在の三重県東部）までやってきたものの、この地で亡くなっている。掲出歌は病に臥《ふ》せる時、故郷の大和を偲《しの》んで詠んだもの。「まほろば」の「ま」は接頭語、「ほ」は秀れたところ、「ろ」と「ば」は接尾語だ。「たたなづく青垣」は「畳み重なるように続いている青々とした美しい山《やま》脈《なみ》」、「山隠れる倭し美し」は「山々に囲まれている国の美しさよ」という意味で解釈される。

古来、語り継がれるうちに、この歌は日本人の故郷を思う歌として定着した。大和という地名のみならず、祖国全体を称《たた》えた歌としてもイメージされるようになった。風薫るこの時期の山あいは本当に美しい。樹々に啼《な》き響《とよ》む鳥たち。せせらぎの麗しさ。四季に恵まれた「地球のまほろば」のような国が日本なのだと思う。

自然への畏怖《いふ》や敬意、草木一本一本にも宿るものに対する謙虚さ。天地《あまつち》への想いを持ち続けた先人たちのこころこそ、実は悠久のまほろばなのかもしれないと掲出歌を読みながら思う。

倭建命……記紀伝説上の古代日本の皇族。第十二代景行天皇の皇子。九州の熊襲や東国の蝦夷の征討をおこなったとされる。

さねさし相武《さがむ》の小野に燃ゆる火の火中《ほなか》に立ちて問ひし君はも

弟橘比売命《おとたちばなひめ》

第十二代景行《けいこう》天皇の皇子として語り継がれている倭建命《やまとたけるのみこと》。『古事記』『日本書紀』によれば、倭建命は父の命令を受け、遠隔の反乱の地にを平定することに成功した。凱旋《がいせん》後、今度は新たな任務を受け、再び東の地へと遠征していくことになった。途中、敵の謀《はかりごと》に遭って、草に火を放たれてしまう。倭建命は妃《きさき》とともに燃える炎《ほむら》の中で逃げまどい、九死に一生を得たのだった。

その後、今度は海が荒れ、倭建命の船は航路を閉ざされてしまったことがあった。この時、妃は自らが代わりに海に入り、海神様の怒りを鎮めることを決意した。何としても夫に使命を遂行してほしいという妃の願い。夫の乗る船を目的地へと向かわせるために、妃は自らが入水《じゅすい》する道を選んだ。「どうぞ御子の東征を護《まも》らせ給え」と念じつつ、走水《はしりみず》の海（今の東京湾の浦賀水道）に入っていくと、波は妃の思いを聞き入れるかのように穏やかさを取り戻したと語り継がれる。

この妃が掲出歌の作者である弟橘比売命だった。海に入っていく際に詠んだのが掲出歌だ。「さねさし」は「相武（相模）」にかかる枕詞。「かつて火攻めに会った際、草薙《くさなぎ》の剣で草を刈り払い、火打ちで迎え火を付けて危機を脱したことがあった。その火の中でわが身を案じてくださった貴きあなた様よ」という歌意で解釈されている。「問ふ」は案じて呼びかける、という意。最後の「はも」は強い詠嘆の言葉だ。命懸けでわが身を護ってくれたことに対する感謝を人生の最後に述べて、旅立っていった作者。夫の任務の大きさを知るがゆえの選択だった。

やがて、妃の死を知り、大いに嘆いた倭建命は、七日後に海岸に流れ着いた妃の櫛《くし》を大切にし、御陵をつくって納めたと言われている。この時に櫛を納めたと伝承される神社も現存している。

一九九八（平成十）年におこなわれた、第二十六回国際児童図書評議会ニューデリー大会で、基調講演をなさった皇后陛下も引用されたこの歌。千年以上前に詠まれた和歌と、作者の思いは、時代も国境も超えて、今も国内外の人々に語り継がれている。

弟橘比売命……倭建命の妃。東征に同行。相模から上総に渡ろうとする時、倭建命の代わりに自ら海に身を投じ、荒れていた海を鎮めたとされる。

難波津《なにはづ》に咲くやこの花冬ごもり
今は春べと咲くやこの花

王仁《わに》

『古今和歌集』の撰者で仮名序を書いたことでも知られる紀貫之。「やまと歌は人の心をたねとして、よろづの言の葉とぞなれりける」で始まる名高い仮名序は後の文学に大きな影響を与えた。そんな貫之が、「和歌の父」と呼んだ人物がいた。

それが、掲出歌を詠んだ王仁だ。古代史のことゆえ、異説もあるものの、『日本書紀』の記述によれば、応神天皇の招きによって、二八六年二月に王仁は日本に来ている。百済王の使者阿直《あち》岐《き》に応神天皇が、あなたよりも優れた学者がいるのか、と尋ねた時に推薦されたのがこの王仁だった。王仁は皇子の学問の師を務めた人物だと書き残される。掲出歌は、そんな王仁が「難波津に梅の花が咲いている。長い冬ごもりが終わって、今はもう春になったのだと梅の花が咲いている」と詠んだ歌。この歌を献じられた皇子が、後の仁徳《にんとく》天皇だった。

今よりもはるかに言霊《ことだま》が信じられ、尊ばれていた時代。「咲くやこの花」のくり返しは日本神話の女神「このはなさくや姫」をも思い起こさせる。長い冬ごもりを終えて、花の季節を待ちわびる人々のこころと、花のようにすばらしい君子の登場を待ちわびる人々の思いとを重ね合わせながら、王仁は祈るように、未来を予見するようにこの歌を奉げたのだった。

貫之はこの歌に込めた王仁の願いや祈り、言霊を受け止めていた。大地にも花が咲き、人々の心にも、この国にもすばらしい花が咲くことを言挙《ことあ》げしてくれた王仁への敬意が、貫之をして王仁を「和歌の父」と呼ばしめたのだ。

古来、和歌はすばらしい世の到来を願うためのものだった。「歌会始」はなぜ今も宮中行事として残るのか。千数百年の時を経て、和歌の祈りの役割が尊ばれ、語られるべきだと思う。日本に『論語』をもたらしたのもこの王仁だったのだと、『日本書紀』や『古事記』は語り伝えている。

王仁……記紀等に伝わる学者。古代、百済から渡来し、「論語」や「千字文」を伝えたとされる。

しなてるや片岡山《かたをかやま》に飯《いひ》に飢《うゑ》て
臥せる旅人あはれ親なし

聖徳太子《しょうとくたいし》

旧暦四月三日は聖徳太子が十七条の憲法を制定した日だ。『日本書紀』によれば、六〇四（推古天皇十二）年のことだとされている。

文献によっては、「しなてる片岡山に飯に餓《ゑ》て臥《こや》せるその旅人《たびと》あはれ　親無しに汝生《なれな》りけめやさす竹の君はや無きも飯に餓て臥せるその旅人あはれ」などの表記もある掲出歌。現在の法隆寺がある斑鳩《いかるが》の西南、片岡山に太子が向かった時、道のほとりに倒れていた飢えた旅人に対して詠んだのがこの歌だとされている。太子は旅人に食べ物と飲み物を施し、自らが着ていた衣を脱いで掛けた、と『日本書紀』は記す。「しなてる」は「片」にかかる枕詞。「片岡山に飢えて臥せている旅人が哀れだ。親がなく生まれたわけではないであろうに」という意味で解釈されている。

旅人の様子が気になった太子は、翌日再び使者を出し、倒れていた人を見に行かせている。人柄が偲《しの》ばれるエピソードだ。

そんな太子が制定した、「和を以て貴しと為す」で始まる十七条の憲法には、第五条に「饗（あじわいのむさぼり）を絶ち、欲（たからのほしみ）を棄てて、明らかに訴訟《うったえ》を弁《わきま》えよ」という一文がある。「官吏たちは庶民の訴えに対して、饗応《きょうおう》や財への欲望を捨て厳正に審査をすること」という意味だ。第九条には、「信はこれ義の本《もと》なり。事毎《ことごと》に信あれ」（真の心は人の道の基本だ。どんなことにも真心がなくてはならない）、第十五条には、「私に背《そむ》きて公に向うは、これ臣の道なり」（私心を捨て、公の精神に則《のっと》るのは公僕たるものの道だ）という言葉も見られる。

聖徳太子がもし今の時代に生きていたら、何を語っただろう。「それ事《こと》は独り断《さだ》むべからず。必ず衆とともに宜《よろ》しく論《あげつら》うべし」（物事は独断で判断してはならない。必ずみんなで議論して判断をすべきだ）――これが最後の第十七条に書かれた言葉だ。

聖徳太子（五七四〜六二二）……飛鳥時代の皇族・政治家。用明天皇の第二皇子。推古天皇の摂政となる。遣隋使を派遣して大陸文化の吸収に努める一方、冠位十二階や十七条の憲法を制定して中央集権国家の基盤を作った。仏教の興隆にも尽力し、法隆寺や四天王寺を建立。

稽古とは一より習ひ十《とお》を知り
十より返るもとのその一

千利休《せんのりきゅう》

この歌は「茶聖」と称された利休の一首だ。堺の商家に生まれた利休は若い頃から茶の湯に親しみ、織田信長が堺を直轄地とした際には茶頭《さどう》として雇われた。本能寺の変後は豊臣秀吉の茶頭となった。利休鼠《ねずみ》、利休茶など、色の名にも名前が付けられ、利休箸や利休焼は現在でもよく知られている。

そんな利休が、「稽古《けいこ》とは初めの一歩から習いはじめ、最後の十までいく。けれどもそこで終わりではなく、もう一度初めに戻って精進し直すその『一』のことをいうのだ」と語ったのが、この掲出歌だった。

十を知れば満足なのではなく、「十より返るもとの一」の尊さを知っていた茶人。学びには終わりはなく、「十より返るもとの一」を繰り返すことで醸し出され、深まるものがある。利休は、藤原家隆の「花をのみ待つらん人に山里の雪間の草の春を見せばや」という歌を大事にしていた。桜だけを待っている人に雪の降る山里の草の春を見せたい、と語った一首。苦境に負けず励むからこそ出会うことのできる「雪間の草の春」も、人生にはあることを利休は知っていた。

千利休（一五二二〜一五九一）……戦国時代から安土桃山時代にかけての茶人。侘茶を完成させ、千家の開祖となる。織田信長・豊臣秀吉に仕えた。

古来にも稀《まれ》なる春を松浦潟《まつらがた》
八十島かけて九州を経ん

伊能忠敬《いのうただたか》

四月十九日は「最初の一歩の日」だ。一八〇〇（寛政十二）年の閏《うるう》四月十九日に伊能忠敬が蝦《え》夷《ぞ》地の測量のために江戸を出発したことに由来している。忠敬は十七年にわたって全国各地を測量し、日本で初めて国土の姿を明らかにする「大日本沿海輿地《よち》全図」を完成させた。

上総《かずさ》国出身で商人だった忠敬は天明の大飢饉《ききん》を体験している。浅間山の噴火以降、忠敬の町でも不作が続いた。そんな中、忠敬は身銭を切って米や金銭を困っている人たちに与えた。隠居後に本格的に学問を開始。十九歳年下だった江戸幕府天文方の高橋至時《よしとき》を師として仰ぎ、測量や天体観測について学んだ。第二の人生ともいえる五十歳からの再出発。寝る間も惜しんで勉強に励んだ。天体観測に関しては、江戸職人に協力してもらい、自宅に天文台をつくったほどだった。

この時、忠敬は至時とともに「地球の大きさ」についても思いをめぐらせていた。それまで緯度一度の距離がまちまちだったのに対し、忠敬は地球を球体と考え、緯度一度を二十八・二里として地図を描いた。これは現在のものと比較しても誤差が約千分の一という驚嘆すべき正確さだ。

人柄や学問への熱心さで周囲の信頼を得た忠敬は、推されて五十五歳の時に蝦夷地へと出発した。寒くなる前に、と一日四十キロ歩いたこともあった。その後、伊豆や東北、東海北陸などを数年がかりで廻《まわ》った際、若き師の訃報に接した。忠敬は、毎朝墓のある方角へ手を合わせることを欠かさなかった。近畿中国、四国、さらには九州を巡り、鹿児島では桜島の測量や木星観測もおこなっている。種子島・屋久島にも向かった。高齢だった忠敬は万が一に際して、息子宛てに教訓などの書状もしたためていた。和歌も詠み、時折日記に記した。掲出歌はその中の一首だ。

一八一八（文政一）年四月十三日、地図作成中に弟子たちに見守られながら亡くなった忠敬。満七十三歳。地図が完成したのは、その数年後の一八二一（文政四）年のことだ。測量のために忠敬が歩いた道のりは、三万五千キロにも及んだと語り継がれている。

伊能忠敬（一七四五〜一八一八）……江戸時代中期の商人・測量家。高橋至時に天文暦学を学ぶ。蝦夷から全国へ赴いて測量を行い、日本初の実測地図を作った。

敷島《しきしま》の大和心《やまとごころ》を人問はば朝日に匂ふ山桜花《やまざくらばな》

本居宣長《もとおりのりなが》

『万葉集』では山部赤人が、『古今和歌集』では在原業平が、『新古今和歌集』では式子内親王が、桜の歌を詠んでいる。秀吉も家康も桜を詠んだ。その中でも掲出歌はよく知られた一首だ。「敷島の」は「大和」にかかる枕詞だ。「朝日に匂ふ」は「朝日に美しく映える」の意味で用いられている。「日本人本来の心とはいかなるものかと人が問うならば、私は朝日に美しく映えている山桜の花のように麗しいものである、と答えよう」という歌だ。

一七三〇（享保十五）年に伊勢国で生まれた宣長。若くして父を失った彼は、母によって育てられた。最大の仕事は、『古事記』三巻全てを読み解いたことだと言われる。当時、解読不可能だと言われた『古事記』だが、読み解くことの必要性を宣長は感じていた。人はどう生きるべきか。「大和心」とは何なのか。草木一本一本にも宿るいのちを豊かに見いだしていた日本人の貴さ。宣長は語っている、「不才なる人といへども、おこたらずつとめだにすればそれだけの功はあるものなり、また、晩学の人もつとめはげめば思ひのほか、功をなすことあり、また暇《いとま》なき人も思ひのほか、暇多き人よりも功をなすものなり」と。才能がないとか、学ぶのに遅すぎたとか、暇がないなどと言わずに真摯《しんし》に励んでいけばでき得るものだ——そう信じて、自ら道なき道に挑み続けた。やがて、三十数年をかけ、難業と言われた『古事記』解読についに成功したのだった。

はかなさの象徴のように歌われる桜は実は幹が逞しい。毎年、根をはり、枝を太くさせながら花を咲かせている。桜はどんな思いで宣長の挑戦を幾春も咲き励ましたのだろう。咲いて美しく、散って麗しく——この国は古来、人間を見守るのは決して人間ばかりではなかった。太陽や月、桜の花など、天地がいつも私たちの暮らしを見守り、彩り、声をかけてくれていた。桜を見ながら、この国に生きる歓びを伝えようと励んだ宣長。荷田春満、賀茂真淵、平田篤胤とともに、宣長は国学の四大人として、没後二百年以上経った今でも多くの人々に慕われ、讃えられている。

本居宣長（一七三〇～一八〇一）……江戸時代中期の国学者。国学の四大人の一人。「もののあはれ」を中心とした文学論を展開。賀茂真淵に入門し、『古事記』の研究に励む。

踏まれても根強く忍べ道芝の
やがて花咲く春に逢《あ》ふべし

詠み人しらず

初花月《はつはなづき》とも呼ばれる二月。山茱萸《さんしゅゆ》の黄色い花が大地を彩り、馥郁《ふくいく》たる香りが古来、人々を魅了してきた梅の清雅《せいが》な花が列島各地で見られる季節。寒さを繰り返しつつのこの時期も、雨水《うすい》を過ぎれば着実に春の足音が近づいてくる。凍《い》てつくような夜空に月がくっきりと美しく映えることから、二月のことを昔の人々は麗月《れいげつ》とも称した。

宙《そら》の月も咲き、大地も色づきはじめる季節。昔から日本人が励まされてきた早春の一首を紹介してみたい。掲出歌は、「踏まれても根強く忍べ福寿草やがて花咲く春に逢ふべし」とも、「踏まれても根強く忍べ道芝のやがて花咲く春は来ぬべし」とも語り継がれた一首だ。作者については諸説あるものの、詠み人しらず、としておくのが一般的だろう。

『万葉集』に百十四首も詠まれた梅のように、観賞用として愛《め》でられてきた花木がある一方で、路傍《ろぼう》の草は歩み往《ゆ》く人や動物に踏みしだかれることも少なくなかった。けれども、だからこそ、踏まれても踏まれても逞しく蘇生していく姿が多くの人生を励ましてきた。どんなに踏まれても、めげずに根気強く根を張り、大地の滋養とおひさまの恵みを享《う》けながら、ついには花を咲かせていく道芝。道芝は相撲草《すもうぐさ》とも呼ばれ、日本全国の野原や道端で見ることができる。硬い土を好み、車に轢《ひ》かれてもめげない力強さがあるという。

耐え忍ぶ日々の中で熟成されていくものの穣《ゆたか》さが、稔《みの》りをさらに豊潤なものとしてくれる。古来、足元に最も近い場所で励まし、くじけそうな心も支えてくれた路傍の草花。小さな命のあたたかさに触れることも古歌を学ぶ意義の一つだ。

春はもうすぐ。鶯《うぐいす》の初音《はつね》もやがて列島を潤しはじめるだろう。

民草に露の情をかけよかし
代々の守りの国の司は

光《こう》格《かく》天《てん》皇《のう》

天皇陛下の譲位にまつわる流れの中で注目されたのが第百十九代の光格天皇だ。二百年前の一八一七（文化十四）年に最後の譲位をされた光格天皇。学問に熱心で、博学能文で知られた。長く途絶えていた朝儀再興に尽力し、近代天皇制に移行するための礎を築かれたかただと後世に評価されている。宮廷文化である和歌を尊び、歌道に邁進《まいしん》した天皇としても名高い。内裏造進の功績をたたえ、江戸幕府第十一代将軍徳川家斉に五言古詩を贈られたこともあった。

一七八七（天明七）年、日本は全国的な恐慌に見舞われた。世に知られた天明の大飢饉《ききん》だ。この状況を何とかしたいと、祈るような気持ちで京都御所の周囲千三百メートルほどを廻《まわ》る「御千度」の人々が現れ、一日数万人に達したこともあった。こうした状況下、後桜町上皇は三万個の林檎《りんご》を一人に一つずつ与えた。これに刺激を受け、飢饉で米価が高騰し、餓死者も出るほどの事態に、当代の光格天皇も行動をおこした。古代の朝廷で、毎年五月に全国の貧窮民に米や塩を賜った「賑給《しんごう》」という儀式があった。これを復活させ、関東から救い米を出せないかと考えた。朝廷が江戸幕府の政治に口を出すなどは考えられなかった時代のことだ。この時、光格天皇は掲出歌を将軍徳川家斉に送り届け、幕府に民衆救済を求めた。言うまでもなくこれは、幕府が皇室と貴族に対して定めた法令、禁中並公家諸法度に違反するものだった。厳罰も覚悟しながら光格天皇は行動した。

幕府もことの重要性と緊急性を理解し、一五〇〇〇俵の救い米を出すことを決めた。咎《とが》めはなかった。この年、「身のかひは何を祈らず朝な夕な民安かれと思ふばかりぞ」（自身のことは何も祈ることがない。ただ、朝に夕に民が安らかに暮らせることを願うばかりだ）という御製も詠んだ光格天皇。後に明治維新へとつながる流れに光格天皇のこうした立ち振る舞いが大きかったと言われている。

光格天皇（一七七一～一八四〇）……江戸時代の天皇。閑院宮典仁親王の第六皇子。中世以来絶えていた朝儀の再興に努め、近代天皇制へ移行する基盤を整えた。

荒磯によせくる浪の岩にふれ
千々にくだくる我が思ひかな

山田顕義《やまだあきよし》

「吉田松陰の最後の弟子」と言われる山田顕義は一八四四（天保十五）年、現在の山口県萩市で生まれた。十代半ばで松下村塾に入門。高杉晋作・久坂玄瑞《くさかげんずい》・伊藤俊輔（博文）・品川弥二郎らとともに活動した。掲出歌は一八六四（文久四）年、英仏米蘭の連合艦隊が下関海峡沿岸の長州藩の砲台を撃破・占拠した「馬関《ばかん》戦争」の際の一首だ。顕義が二十歳の頃だ。前年に高杉晋作の「奇兵隊」決起にも参加していた顕義は攘夷《じょうい》の思いに溢《あふ》れていた。

顕義は一八六八（慶応四）年の鳥羽・伏見の戦い、戊辰《ぼしん》戦争では官軍を勝利に導く活躍をした。一方、五稜郭の戦いで敗れた幕臣らを丁寧にもてなしたことでも知られる。後の西南の役でも、敗れた薩軍の将士らに、「我らと同じ志をもって国のために尽くした皆さんだ」として、虜囚の扱いではなく、同志として向き合った。

一八八九（明治二十二）年に師の吉田松陰とともに赦《ゆる》された西郷隆盛に正三位が追贈されると聞くと、顕義は喜んで次のような歌を詠んだ。「あぢきなく刈りつくされし草ながら春の恵みに萌《も》えいでにけり」。草莽《そうもう》の志士として、国を思い命懸けで歩んだ先人たち。動乱時代に刈り尽くされた「野草」が恩赦という春の恵みによって再び萌えることを、心から喜ぶ作品だった。

明治維新後は「岩倉使節団」の一員として欧米諸国を視察した顕義は、教育の重要性を認識し、一八八九年に日本法律学校（現・日本大学）を創立。翌年には國學院（現・國學院大學）も設立した。

顕義は「世界の中の日本」を標榜《ひょうぼう》し、「和魂洋才」「近代日本の礎を築いた功労者」だと語られている。

山田顕義（一八四四〜一八九二）……幕末の志士、明治時代の政治家・陸軍軍人。松下村塾に学ぶ。明治維新後、司法大臣として日本の法制度の整備に尽力。

四方八方《よもやも》を眺る吾も諸共に
ながめの中の人にこそあれ

福澤諭吉《ふくざわゆきち》

「ペンは剣よりも強し」など、今も多くの人々に語り継がれる言葉を残した福澤諭吉。一九八四（昭和五十九）年から一万円札の肖像となっている他、慶應義塾大学の創立者としても知られる。

一八三五（天保五）年に、当時大坂にあった豊前国《ぶぜんのくに》中津藩の蔵屋敷で生まれた諭吉は、幕末期に三度、海外に出た。一度目は藩命で江戸にいた一八六〇（万延元）年、幕府の遣米使節の一人として咸臨丸《かんりんまる》で渡米した。帰国後の一八六二（文久二）年、今度は文久遣欧使節の通訳として、ヨーロッパに随行した。ロンドンでは万国博覧会も視察している。この時、ロシア滞在中に諭吉は同行していたフランス人に和歌を贈っている。それが、「植ゑてみよ花の育たぬ里はなし心からこそ身は癒しけれ」という良寛の一首だった。「種を植えてみれば花の育たない土地はない。

心を込めさえすれば花の命は満足に育つものだ」という歌意。学んだものを根づかせていこうとする諭吉の気概を感じる。

その後、一八六七（慶応三）年にも幕府の軍艦受取委員会随員として、再び渡米した。やがて、王政復古の大号令が出て、新政府への出仕を求められたものの、諭吉は辞退した。「士民《しみん》を問はず、苟《いやしく》も志あるものをして来学せしめんを欲するなり」との思いで蘭学塾を慶應義塾と名づけたのは一八六八（慶応四）年のことだった。一八七二（明治五）年から四年数カ月かけて、諭吉は十七編に及ぶ『学問のすゝめ』を著した。名高い「天は人の上に人を造らず、人の下に人を造らず」は、この冒頭の一節だ。さまざまな言葉を残した諭吉。「活用なき学問は無学に等しい」「今日も生涯の一日なり」「自他の独立自尊」など、諭吉の思いは今も国内外で語られる。

掲出歌はそんな諭吉が大磯の裏山の高麗山《こまやま》に登った際の歌だ。己を俯瞰《ふかん》して視《み》つめる諭吉らしい歌。三女の遺品から見出されたものだった。諭吉の命日（二月三日）を迎える頃になると、各地で梅の花が咲きはじめる。百花の魁《さきがけ》と言われる梅の花はどことなく諭吉にも似ている気がする。

福澤諭吉（一八三五〜一九〇一）……幕末から明治時代にかけて活躍した啓蒙思想家・教育者。適塾で緒方洪庵に学び、後に江戸で蘭学塾を開く。欧米の視察後、国内の教育と啓蒙活動に尽力。

訪ひもしつつ訪はれもしつる友垣《ともがき》の
跡絶え果てて積《つも》る雪かな

岩倉具視《いわくらともみ》

西郷隆盛、大久保利通、木戸孝允らとともに「維新の十傑」の一人に数えられる岩倉具視。公家出身者で十傑入りしているのは具視だけだ。公家といっても位階が高かったわけではなく、生活は決して裕福ではなかった。当時の公家社会は身分が厳しく、家格によって昇進が決まってしまう状態だった。関白鷹司政通《たかつかさまさみち》の和歌の弟子となってからは、具視は朝廷改革の意見書を提出するなど、「家格にとらわれずに能力のあるものを登用すべきだ」という声をあげていく。

一八五四（安政元）年、三十歳で孝明天皇の侍従となると、次第に朝廷内で台頭しはじめた。だが、公武合体を推し進めたため、尊王攘夷《じょうい》派からは幕府寄りだと見られ、失脚を余儀なくされる。辞官、蟄居《ちっきょ》の処分を受け、雨風を凌《しの》げるだけの古家に幽居した。掲出歌はこの時に詠まれたものだ。「かつては友を訪れ、友が訪れてきたものだが、今となっては誰も姿を見せず、わが幽居には雪が降り積もるばかりだ」という歌。しかし、具視は五年ほどに及んだこの生活の中でも、常に世を思い続けた。腐ることなく、己を鼓舞し、やがて薩摩藩や朝廷内の同志たちも再び具視のもとを訪れる日々が続く。坂本龍馬、中岡慎太郎、大久保利通らも具視のもとを訪問した。

一八六七（慶応三）年、再び洛中居住を許され、以後、具視は王政復古の立役者の一人となっていく。大政奉還後は一八七一（明治四）年に外務卿となり、不平等条約改正の特命全権大使として、一年十カ月にわたって欧米を視察した。各国訪問で鉄道技術や産業に驚いた具視は帰国後、日本の鉄道事業設立にたずさわるなど、日本の近代化に尽力した。

明治国家の礎を築いた人物の一人として、具視の肖像が描かれた五百円札は一九八五（昭和六十）年まで製造された。幾度も命を狙われ、失脚後もこの国を思い、生涯を奉《ささ》げた具視の五十九年の一生。どんなに雪が積もった後にも、花が咲く春は到来することを思わせてくれる生涯だった。加山雄三さん、喜多嶋舞さんはこの具視の子孫としても知られる。

岩倉具視（一八二五〜一八八三）……幕末から明治時代にかけての公卿・政治家。明治維新後は、特命全権大使として使節団の長を務め、欧米を視察。帰国後は、憲法制定に尽力した。

ますらをの恥を忍びて行く旅は
すめらみくにの為《ため》とこそ知れ

伊《い》藤《とう》博《ひろ》文《ぶみ》

一八四一（天保十二）年、周防国《すおうのくに》の農家に生まれた伊藤博文。暮らしは決して楽ではなかった。一八五七（安政四）年、吉田松陰の松下村塾に入門し、世を思う俊英たちとの交流が始まった。高杉晋作や久坂玄瑞ら、塾の仲間たちと尊王攘夷《じょうい》の志士として活動する。一八六三（文久三）年、井上馨らとともに、博文は五人の長州藩士でイギリス商船に乗り込んだ。藩が人材育成のために、と画策した計画だった。攘夷を、という思いのあった博文はこの時に掲出歌を詠んでいる。「洋行に行くなど、武士としての恥を忍んでのものだが、これも日本のためであると認識せよ」と自分自身に言い聞かせた歌。実際の海上では屈辱的な処遇に耐え、数カ月を経てイギリスに着いたのだった。現地を訪れてみると、あまりの国力の違いに圧倒される。開国論に転じ、帰国後は長州藩と列国との戦争回避にも奔走した。

やがて明治の世となると、堪能な英語も武器に新政府の要職を担うようになった。一八七一（明治四）年の岩倉遣外使節団では、全権副使として欧米諸国を視察した。帰国後は国内の体制を整えるために尽力。内閣制度創設や大日本帝国憲法の制定にも力を注いだ。

一八八五（明治十八）年、初代総理大臣に就任したのが博文だった。以後、第五代、第七代、第十代の内閣総理大臣も務めた。日本が近代国家となる礎を築きあげた功労者の一人だ。

賄賂は求めず、金銭的に清廉だったと言われる博文。そんな博文に「日出《にっしゅつ》」という漢詩がある。第一次内閣を組閣した後、世界に羽ばたく日本を詠んだ詩だ。「日は出《い》づ　扶桑《ふそう》　東海の隈《くま》　長風忽《たちま》ち岳雲《がくうん》を払ひて来たる　凌霄《りょうしょう》一万三千尺　八朶《はちだ》の芙蓉《ふよう》　面に当たりて開く」（東方の海の一隅にある日本に朝日が昇り、遥《はる》か遠くから吹いてくる風が忽ち山にかかる雲を払い除《の》ける。空も凌《しの》いで一万三千尺の高さに聳《そび》える霊峰があたかも八枚の花びらの蓮の花のように浮かび上がる）という詩。新時代を築き上げた明治の男の気概と大志を思う。

伊藤博文（一八四一～一九〇九）……幕末の志士・明治時代の政治家。松下村塾で学び、倒幕運動に参加。明治維新後は、憲法立案の中核を担い、初代総理大臣となった。

年経ても変はらぬものは友垣《ともがき》の昔を偲ぶ情けなりけり

新渡戸稲造《にとべいなぞう》

一八六二（文久二）年に盛岡藩士の三男として生まれた国際人、それが新渡戸稲造だ。『武士道』の著者としても知られる彼が学んだのは、「少年よ大志を抱け」で有名なクラーク博士が赴任した札幌農学校だった。卒業後に現在の東京大学に入学したものの、満足はせず、「太平洋の懸け橋になろう」と私費でアメリカに留学。その後はドイツにも留学し、農業経済学の博士号を取得した。

「十分に力を出した者だけが己に十二分の力があることを知り、十二分の力を出した者だけが己に十五分の力があることがわかる」と語っていた稲造。アメリカ人女性と結婚後、問われるままに日本人の道徳観を英語で書いたものが、時代を超えたベストセラーとなる『武士道』だった。

「武士道は知識を重んじるのではなく実践を重視する」「信実と誠実さがなければ礼儀は茶番であり芝居」「他者の感情を尊重することから生まれる謙虚さが礼の根源」——私利私欲に走らないこと、公の利益のために生きることが武士道なのだと語ったことで、当時まだ野蛮な後進国だと思われていた日本の精神性を世界に知らしめることになった。一九二〇（大正九）年、国際連盟が創設された際には事務次長に推薦されている。

掲出歌はそんな稲造が、一九三一（昭和六）年に札幌農学校の卒業五十周年の会に出席した時のものだ。この時、七十歳。国際結婚が珍しかった時代に、数多《あまた》の苦労を重ねながら、公のために奉《ささ》げ尽くした一生——平和を希求した彼は亡くなる直前まで紛争解決のために尽力した。そんな彼の膨大な数の著作物には自作も含め、七百首以上の和歌が紹介されている。

新渡戸稲造（一八六二〜一九三三）……明治時代から大正時代にかけて活躍した教育者。札幌農学校卒業後、欧米に留学。国際連盟事務次長を務め、英語で『武士道』を記した。

とる年の玉の数増す増す毎《ごと》に
光りいや増す父の白髪

野《の》口《ぐち》英《ひで》世《よ》

一八七九（明治十二）年七月十四日に海港虎列刺《コレラ》病伝染予防規則が公布されたことを記念して、当時の厚生省と日本検疫衛生協会が一九六一（昭和三十六）年からこの日を「検疫記念日」に制定している。検疫で思い出すのが日本で初めてペスト患者を発見した野口英世だ。英世は海港検疫官補として横浜検疫所に赴任し、ペストの患者を発見。その後清国の牛荘《ニュウチャン》に派遣されたのだ。

今では千円札の肖像画にもなっている野口英世。左手の障害を乗り越え、母シカをはじめ、周囲の支えを受け、三度もノーベル生理学・医学賞の候補になったことでも知られる。海外に出発しようとしていた二十代の頃に、「まておのれ咲かで散りなば何が梅」という決意の句も詠んでいる英世。「必ず花を咲かせる」という思いを詠んだ英世は、漢詩もつくることができた。掲出歌は、英世にとって生涯の恩師であり、後に本人が「恩父」と呼んだ小林栄に贈ったものだった。生活が苦しかった中で英世が進学できたのは小林が何年にもわたって、学費を支援してくれたからだ。二十代の首席訓導（教頭）だった小林がどんな思いで一人の少年のために支援をしたのか。海外に出た時には小林は野口家の人々を見守り、英世の父母の支援もしている。

そんな〝支えの父〟の恩を英世は異国の地でも忘れてはいなかった。年賀状に書き添えた歌が掲出歌だ。年を経てなお輝きを増していく恩父の白銀の髪は、英世から小林への感謝の気持ちの表れでもある。年を経て、距離を隔てて、なお深まっていく感謝の心。英世は自分のためだけに尽力していたわけではなかった。とことんまで支えてくれている人々がいたからこそ頑張ることができたのだ。他者のために尽くし続けた英世の周囲には手本となる尊い大人たちの姿があった。そんな英世に、小林もこんな歌を贈っている。〈なりはひの業はげみつつ夜も昼もつくすは人の誠なりけり〉——異国に暮らす英世に、実母シカの姿を詠み聞かせたものだった。母のようにいつの日も「人の誠」を尽くせよ、という願いを込めながら。

野口英世（一八七六〜一九二八）……明治時代から大正時代にかけて活躍した医者・細菌学者。欧米に渡り、梅毒や黄熱病などの研究をおこなう。ガーナのアクラで黄熱病に感染し、死去。

今日こそは御代《みよ》の祝ひの時なれや いざや御旗《みはた》を打ち揚げぬべし

野中千代子《のなかちよこ》

頂《いただき》が純白色に姿を変える冬の富士山を仰いでいると、思い出されるのが一八九五（明治二十八）年に山頂で気象観測をした野中到《いたる》・千代子夫妻だ。天気予報の基礎データとなる高地観測の必要性を感じ、現在の東京大学を中退して、単身富士山頂の冬季気象観測に挑戦した到。それまで冬の富士山頂に立った人はほとんどいなかった中、到は使命感をもって、同じ年の二月に冬季初登頂を成功させた。天気予報が当たらないのは高地気象観測所がないからだと確信していた到は、私財を投じて夏に観測小屋を建てたのだった。

「国がいきなり危険なところに観測所を建てることはできない。民間の誰かが過酷な冬の富士山頂で気象観測を成功させ、可能性を実証する必要があるのだ」というのが到の信念だった。

その夫に協力するために十月半ばに妻の千代子が富士山頂をめざした。「妻が夫を助けるのは当たり前のことです」と千代子は富士山頂での越冬を決意していた。過酷なのは解《わか》っている。当代きっての気象学者和田雄治からもらった本を何度も読んで気象観測に関する専門知識も得ていた。突如現れた妻に驚く夫。その後千代子は献身的に夫を支えた。

観測機器が富士の気象に堪《こら》えきれず、次々に壊れていく。天井から垂れ下がった氷も厚さを増していた。七枚ほどの毛布を掛けても寒さはしのぎ難かった。高山病や凍傷、栄養失調で歩行困難にもなる中、二人は懸命に観測を続けた。十二月に慰問に来た弟らによって、二人の体調悪化が伝えられると、和田らの救援で二人とも下山。夫妻の挑戦は海外でも広く報じられ、後に落合直文が『高嶺の雪』、新田次郎が『芙蓉《ふよう》の人』で小説にしている。

掲出歌は天長節（明治天皇の誕生日である十一月三日）に富士山頂に国旗を掲げようとした夫の姿を詠んだ歌だ。過酷な状況であっても、国の為に尽くそうとしていた夫妻。この時、到は二十八歳、千代子は二十四歳だった。二人のチャレンジはその後、中央気象台に引き継がれていく。

野中千代子（一八七一～一九二三）……明治時代から大正時代にかけての女性。富士山頂で気象観測をしていた気象学者・野中到の妻。

一枝《ひとえだ》も心して吹け沖つ風
わが天皇《すめらぎ》のめでましし森ぞ

南方熊楠《みなかたくまぐす》

一九六二（昭和三十七）年に和歌山県を訪問された昭和天皇の「雨にけぶる神島《かしま》を見て紀伊の国の生みし南方熊楠を思ふ」という御製。昭和天皇が民間人を詠んだ初めての和歌だったという。

一八六七（慶応三）年に現在の和歌山市に生まれた熊楠は、十代前半で自作の教科書『動物学』を書き上げるなど、神童の名を縦《ほしいまま》にしていた。十七歳で大学予備門（現在の東京大学）に入学。けれども、授業よりも植物採集などに熱心に打ち込んでいた熊楠は、試験に落第。中退することとなった。翌年には渡米。アメリカ、キューバ、イギリスに渡って、植物の採集に励み、数年後には科学誌『ネイチャー』に論文を発表するまでになる。大英博物館で働く機会も得ていた。このロンドン時代に出会ったのが「中国革命の父」孫文だった。同世代だった二人は親交を深めた。

一九〇〇（明治三十三）年に帰国した熊楠は、熊野の大自然に感動し、隠花植物についての研究をはじめる。数年後には田辺市を永住の地とし、四十歳の時に神社の宮司の娘と結婚した。この年、明治政府が各地の神社を合併する神社合祀《ごうし》令を公布。鎮守の森が破壊されることで地域の生態系に影響が出てしまうと考えた熊楠は、民俗学者の柳田國男らとともに反対運動を展開した。特に田辺湾の神島の保全活動に力を注いだ。島ならではの珍しい植生が奪われてしまうことを懸念し、植物学や博物学の知見のある熊楠が生態学的に保護の必要性を訴えたのだった。

結果としてこの島は天然記念物となり、後に昭和天皇が行幸をされている。その際、熊楠は昭和天皇に粘菌に関する御進講をおこない、天皇は時間を延長して楽しまれたという。掲出歌はこの時に詠まれたものだった。十数か国の言語を操り、「歩く百科事典」とも称された熊楠のことを、柳田國男は「日本人の可能性の極限」だと述べている。研究所設立の資金集めで長さ八メートルもの履歴書を書いた熊楠。「学問は活物《いきもの》であって書籍は糟粕《そうはく》（酒の搾りかす）」だと語っていた熊楠にとっては、自然そのものが教科書だった。

南方熊楠（一八六七〜一九四一）……明治時代から昭和時代にかけて活躍した生物学者・民俗学者。欧米に渡り、独自に動植物を研究。帰国後は、田辺市で粘菌採集や民俗学研究に傾倒。

素粒子の世界の謎を解きあぐみ
旅寝の夢も結びかねつつ

湯川秀樹《ゆかわひでき》

スウェーデン王立科学アカデミーは二〇一四（平成二十六）年のノーベル物理学賞を赤崎勇、天野浩、中村修二の三名に授与すると発表した。省エネで環境に優しい青色発光ダイオード（LED）を開発した功績が認められての受賞だった。この知らせを聞きながら、私は一人の物理学者の短歌を思い出していた。それが一九四九（昭和二十四）年、日本人で初めてノーベル賞を受賞した湯川秀樹博士の作品だ。

掲出歌の他、「深くかつ遠くきはめん天地《あめつち》の中の小さき星に生れて」「橋の上にたたずむ人も夢のうち橋よりみればわれも絵のうち」「喜びは空にとびさる鳥に似る憂ひは土をはふ虫に似る」などの作品を博士は残している。

退官記念事業基金への返礼として、周囲に歌集『深山木《みやまぎ》』を配った湯川博士。非売品のこの歌集は少年時代を回想した「逝く水の流れの底の美しき小石に似たる思ひ出もあり」という作品から始まっている。物理学を志した頃の自身を振り返り、「物みなの底にひとつの法《のり》ありと日にけに深く思ひ入りつつ」と詠み、二年前に弟が戦死していた知らせを受けた際には、「弟はすでにこの世になき人とふたとせをへて今きかんとは」と詠んだ。

ノーベル賞を受賞する前年に「深山木の暗きにあれど指す方は遠ほの白しこれやわが道」と綴《つづ》り、ノーベル賞授賞式出席のために訪れた現地では、「ストックホルム、グランド・ホテルの夜を深み馬蹄ひびきて消えて静けき」という歌を得た。

一九五四（昭和二十九）年、日本の漁船「第五福竜丸」がビキニ環礁で被曝《ひばく》した際には死の灰に関して、「雨降れば雨に放射能雪積めば雪にもありといふ世をいかに」と歌った。米ソ両国の緊張が高まった一九八一（昭和五十六）年には癌《がん》手術後の体をおして科学者の会議に出席し、車椅子姿で核廃絶を訴えた。この出席から三カ月後に七十四歳で亡くなった湯川博士。戦時中の空襲や焼け野原となった東京も詠み、晩年はどこまでも平和を希求し続けた生涯だった。

湯川博士は、「忘れめや海の彼方の同胞はあすのたつきに今日もわづらふ」という歌も残した。一九四九年にノーベル物理学賞を受賞し、掲出歌は授賞式がおこなわれたストックホルムで詠まれた歌だった。「たつき」は「生活」。明日の暮らしにも思い煩《わずら》うような戦後四年目の同胞（日本人）たちに思いを馳《は》せ、自らに母国の状況を「忘れめや」と言い聞かせたのだ。「タキシード晴れがましければカクテルの杯をかさねてまぎらさんとす」といった授賞式での晴れやかな歌が並ぶ中、この一首は印象的だ。

戦中戦後と大変な時代を体験する中、それでも「人の世は生くる甲斐ありわれは対すダンテ、ガリレオ、ミケル・アンヂェロ」だと詠んだ湯川博士。人間には生きる価値がある、人生には生きる甲斐があると語り続けた生涯だった。小豆島で「山水は清し泉はゆたかなりここにたたずむ人の心も」と詠んだ。アメリカ滞在中にアインシュタイン博士と出逢い、アインシュタイン博士は湯川博士に原爆投下を止められなかったことを、涙を流してお詫《わ》びしたと語り継がれている。以後、二人は核廃絶と世界平和のために生涯を捧げていく。

湯川秀樹（一九〇七〜一九八一）……昭和時代に活躍した理論物理学者。京都大学教授。中間子の存在を理論的に予測し、その存在が証明されたことで日本人初のノーベル物理学賞を受賞。

上衣《うはぎぬ》はさもあらばあれ敷島《しきしま》のやまと錦《にしき》は心にぞ着る

西郷隆盛《さいごうたかもり》

一八二八（文政十一）年に現在の鹿児島市加治屋町に生まれた西郷隆盛。「維新三傑」と称された隆盛は、薩長同盟を結び、江戸無血開城を成し遂げた男だ。けれども、本当に後世に語り継がれるべきものは、彼の残した言葉なのではないかと思っている。

たとえば、「人を相手にせず、天を相手にして、己を尽くして人を咎めず、我が誠の足らざるを尋ぬべし」という言葉。これは、「狭い人間世界だけに生きるのではなく、天と対話をしながら誠を尽くし、他者を咎めることをせずに己に真心が足りないことを省みていくべきだ」という内容だ。「人が歩むべき道は天地自然の道であるから、学問の道は天を敬い、人を愛することを目的として常に己に克つことに努めなければならない」とも語った。「他者に打ち勝つ」のではなく「己に打ち克つ」ことの尊さを知っている男の生きかたは、野太くて逞《たくま》しい。

沖永良部島《おきのえらぶ》に流され、一年六カ月もの間、牢獄《ろうごく》に閉じ込められていた時にも、この島が自然災害の多いことを知ると、「社倉趣意書」を書き、飢饉《ききん》等に備えて村民が穀物や金を備蓄する相互扶助の制度を提案した。この基金は飢饉のみならず、貧困者援助や病院建設、学資援助にも役立てられている。「我を愛する心を以て人を愛するなり」という言葉も残した隆盛らしい行動だ。

「ふたつなき道にこの身を捨て小舟波立たばとて風吹けばとて」と詠んだ西郷。「波が立っても、風が吹いても、我が身を捨て小舟のように横たえさせて、いつでも懸け橋となろう」という思い。そんな隆盛を評する際、勝海舟は「大誠意」という言葉を用いた。いつでも「捨て小舟」になることを厭わなかった「大誠意」の男だからこそ、小舟どころか時代と時代をつなぐ「大いなる舟」となり得たのではないだろうか。そんな隆盛が詠んだのが掲出歌だ。「敷島の」は「やまと（大和）」にかかる枕詞。日本人の錦は決して上衣に着るものではなく、心に着るものなのだと語った。

西郷隆盛（一八二八～一八七七）……幕末の志士・明治時代の政治家。倒幕運動で指導的な立場にあり、薩長同盟や王政復古を実現に導く。戊辰戦争を優位に進めた。

おわりに

本書は『サンデー毎日』で連載していた「歌鏡」をベースに加筆修正したものだ。本当ならぜひとも加えたかった人が、まだまだいる。連載で取り上げようとリサーチした人たちは二千人以上に及ぶ。

まず、この百首を先陣として、世に送り出したいと思う。

場を与えていただく機会があれば、今後もさまざまな歌を語り継ぎたい。

歴史を綴った「大鏡」が名高いように、和歌で日本史を読み解く「歌鏡」があってもいいのではないか——それが連載の場をくださった潟永秀一郎元編集長との最初の打ち合わせで話したことだった。おかげさまで連載は二百三十三回に及び、毎日新聞出版の黒川昭良社長の応援もあって、本書が刊行できることとなった。書籍化を実現してくださった梅山景央様、本書の担当をしてくださった山田奈緒美様にも心から感謝申し上げたい。

機会があれば本書で紹介した一人一人の先人のお墓を訪ねたいと思う。本書の刊行を報告、感謝しつつ、ここで和歌を紹介した先人との御縁を今後も長く大事にしていきたい。やがて、和歌が世界文化遺産になる日が来るだろう。世界じゅうの人々に、日本にはこんな文化があるのだということをこれからも語り継いでいこうと決意を新たにしている。

田中章義

二〇一九年春

初出
本書は、『サンデー毎日』連載「歌鏡」の２０１４年1月
～２０１８年10月の記事をもとに加筆・修正したものです。

［著者略歴］
田中章義（たなか・あきよし）
歌人・作家、元国連WAFUNIF親善大使。1970年、静岡市生まれ。大学1年生のときに第36回角川短歌賞を受賞。在学中から多くの雑誌に執筆・連載を開始。卒業後は、世界各地を旅しながら、ルポルタージュ、紀行文、絵本などを執筆。また、世界各地で詠んだ短歌が英訳され、2001年、世界で8人の国連WAFUNIF親善大使にアジアでただ1人選出。その後、国連環境計画「地球の森プロジェクト」推進委員長、ワールドユースピースサミット平和大使などを務めた。大学で短歌を教えているほか、テレビやラジオの情報番組のコメンテーターとしても活躍中。

日本史《にほんし》を動《うご》かした歌《うた》
印刷　2019年3月15日
発行　2019年3月30日

著　者　田中章義《たなかあきよし》

発行人　黒川昭良

発行所　毎日新聞出版
〒102-0074
東京都千代田区九段南1-6-17 千代田会館5F
営業本部　03-6265-6941
図書第一編集部　03-6265-6745

印刷・製本　中央精版印刷
ブックデザイン　横須賀拓

ISBN978-4-620-32578-1